DER EARL MIT DEM FLAMMENDROTEN HAAR

DARCY BURKE

Übersetzt von
PETRA GORSCHBOTH

Der Earl mit dem flammendroten Haar

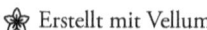 Erstellt mit Vellum

Für alle Außenseiter

Der Earl mit dem flammendroten Haar
Die Liebe ist überall

Einst war der Earl of Buckleigh ein in Oxford schikanierter, titelloser Außenseiter. Inzwischen hat er seine Handicaps überwunden und blickt erwartungsvoll in die Zukunft, insbesondere, als seine älteste und liebste Freundin, Bianca, Unterstützung bei der Rettung des jährlich stattfindenden Weihnachtsfestes braucht. Ash hat einen Plan, um das Ereignis zu retten, doch als die Peiniger aus seiner Jugendzeit beabsichtigen, ihre alten Tricks anzuwenden, muss er alles riskieren und die Vergangenheit hinter sich lassen, um wahre Liebe zu finden.

Lady Bianca Stafford ist aufgebracht, als ihr Bruder sich weigert, das Fest zum zweiten Weihnachtstag auszurichten, und sie setzt sich dafür ein, den Dorfbewohnern ihr Fest zu geben. In Ash sieht sie die Rettung für ihre heimische Tradition und vielleicht für eine Zukunft, mit der sie nie gerechnet hätte. Aber ihr Bruder hat andere Pläne für sie – eine Saison und eine Eheschließung, und zwar nicht mit Ash. Als es zu einer Katastrophe kommt, ist plötzlich alles bedroht, was ihr etwas bedeutet, und ein Wunder – oder Held – ist vonnöten, um die Situation zu retten.

Der Earl mit dem flammendroten Haar ist vom Lied und der Geschichte von Rudolph mit der roten Nase inspiriert. Schauen Sie sich unbedingt die Liedversion zum Earl mit dem flammendroten Haar auf meiner Website unter darcyburke.com an!

Von der USA Today Bestsellerautorin der »Unberührbaren« erscheint hier eine Christmas Regency-Serie! Lassen Sie sich diese mit Liebe, Leidenschaft und Herz wiedererzählten Weihnachtsklassiker nicht entgehen.

Buch Eins: Der Earl mit dem flammendroten Haar
    Buch Zwei: Das Geschenk des Marquess
    Buch Drei: Eine Freude für den Herzog

    Nach der Melodie von Rudolf mit der roten Nase

> *Ashton, der Earl mit den Flammendroten*
>   *Haaren, besitzt ein außerordentliches*
>   *Gebaren.*
> *Und solltest du ihn je erspähen, seinen roten*
>   *Schopf würdest du nicht übersehen.*
> *Belacht und gespottet haben alle anderen*
>   *Gentlemen über ihn.*
> *An Oxford-Spielen teilnehmen durfte der*
>   *arme Ashton nie.*
>
> *Sodann erschien Lady Bianca auf einer*
>   *fröhlichen Hausparty und bat:*
> *»Ashton, mein Held aus Kindertagen, willst*
>   *du den zweiten Weihnachtstag*
>   *bewahren?«*
> *Lady Bianca entflammte in Liebe für ihn und*
>   *für aller Ohren deklarierte sie:*

»Ashton, mein Earl so flammendrot du bist,
aus meiner Sicht keiner dir ebenbürtig
ist.«

KAPITEL 1

County Durham, England
November 1811

egleite mich zu Thornabys Hausparty. Bitte.«
Lady Bianca Stafford wollte ihren Bruder nicht
anbetteln, aber sie war drauf und dran, genau das zu tun.

Völlig unbeeindruckt von ihrem inständigen Flehen,
presste Calder Stafford, der achte Duke of Hartwell, die
Lippen zu einer dünnen weißen Linie aufeinander. »Für
mich besteht weder eine Veranlassung zur Teilnahme, noch
habe ich den Wunsch dazu.«

Bianca umrundete seinen Schreibtisch und zwang ihn,
den Kopf zu drehen, um ihren Bewegungen zu folgen. Sie
baute sich neben seinem Stuhl auf und fixierte ihn mit
ihrem ernsthaftesten Blick. »Es gibt allen Grund. Dies ist
der Auftakt zur Weihnachtszeit. Hier findet die informelle
Planung für das alljährliche Fest zum zweiten Weihnachtstag statt. Du *musst* kommen.«

Er kniff sich mit den Fingerspitzen in den Nasenrücken seiner Adlernase. »Bianca, ich werde kein Fest zum zweiten Weihnachtstag ausrichten.«

Sie konnte nicht verhindern, vor Schreck nach Luft zu schnappen. »Das kann nicht dein Ernst sein. Wir sind immer die Gastgeber des Fests am zweiten Weihnachtstag.« Es war nicht *irgendein* Fest, es war *das* Fest. Der ganze Ort würde kommen, und es war das Hauptereignis zur Weihnachtszeit.

Er ließ seine Hand auf die Armlehne des Stuhls sinken und starrte sie aus seinen dunkelgrauen Augen unverwandt an. Sie waren so kalt und unnachgiebig, wie der Spitzname Chill (was so viel heißt wie frostig), den manche noch immer für ihn verwendeten, denn er war sein ganzes Leben lang der Earl of Chilton gewesen. Bis ihr Vater vor sieben Monaten verschieden war.

Das Bedauern und die Trauer über den Verlust ihres Vaters und die große Kluft zwischen ihm und Calder, die nie wieder geschlossen worden war, ließen Bianca das Herz eng werden.

»*Ich* werde das Fest nicht ausrichten und das ist das Ende der Geschichte.« Seine Stimme war leise, aber scharf.

Mit offenstehendem Mund starrte sie ihn an und scheinbar für eine Ewigkeit war sie unfähig, Worte zu finden. »Aber, aber —«, stotterte sie, ehe sie angesichts des angewiderten Blicks ihres Bruders die Lippen zusammenpresste. Wie er zu einer derart distanzierten, gefühllosen Person hatte werden können, war ihr unbegreiflich. Allerdings hatte sie ihn in den vergangenen zehn Jahren, die er in London gelebt hatte, nur selten gesehen. Er war nie nach Hause gekommen, nicht ein einziges Mal.

Sie atmete tief durch und versuchte, ihr rasendes Herz und ihre empörten Gedankengänge zu beschwichtigen. »Calder.« Sie benutzte den Namen, mit dem ihre Schwester

Poppy ihn gerufen hatte. Wie sie von Poppy erfahren hatte, war ihm dieser Name von ihrer Mutter, die wenige Tage nach Biancas Geburt gestorben war, verliehen worden. »Du hast eine Pflicht als Herzog.«

»Ich habe viele Verpflichtungen und ein Fest am zweiten Weihnachtstag auszurichten ist nicht darunter.« Er wandte seine Aufmerksamkeit erneut seinem Schreibtisch und den darauf befindlichen Papieren zu. »Brich jetzt zu deiner Hausparty auf.«

Sein herablassender Ton war schneidend. Sobald Poppy, die Marquise of Darlington, eintraf, um ihr als Anstandsdame zur Seite zu stehen, würde sie aufbrechen. »Deine Pächter lieben das Fest am zweiten Weihnachtstag. Es ist der Höhepunkt ihres Jahres. Das ist doch bestimmt wichtig.«

Er sah nicht auf. »Das ist es nicht.«

Bianca grummelte tief in ihrer Kehle und blickte starr auf den gebeugten Kopf ihres älteren Bruders. »Papa wäre enttäuscht. Wahrscheinlich dreht er sich im Grab um.«

Zur Antwort bekam sie nichts als Schweigen, also wandte sie sich ab und marschierte stolzen Schrittes aus seinem Arbeitszimmer und blieb nicht stehen, bis sie in der Eingangshalle beinahe mit Poppy zusammengestoßen wäre.

»Meine Güte, du siehst aus, als wolltest du einen Mord begehen«, stellte Poppy mit einem Blick aus ihren weit aufgerissenen grau-blauen Augen fest. »Nun, vielleicht keinen Mord. Das ist ziemlich grausam.«

»In diesem Fall ist es allerdings zutreffend. Ich würde unseren Bruder mit Freuden erwürgen, wenn ich dazu imstande wäre.«

Poppy seufzte. »Soll ich hineingehen und mit ihm reden?«

»Du weißt nicht einmal, warum ich ihn am liebsten erwürgen will«, antwortete Bianca.

»Ganz bestimmt wirst du mir das gleich erzählen.«

»Ja, ja, ich schwatze zu viel.« Bianca wedelte mit der Hand. »In dieser Sache könnte ich reden, bis mir die Zunge abfällt, und ich fürchte, dass es keine Rolle spielen würde. Calder weigert sich, das Fest am zweiten Weihnachtstag auszurichten.« Ihre Wut verstärkte sich allein davon, diese Tatsache laut auszusprechen.

Poppys zarte, dunkle Brauen wölbten sich auf ihrer Stirn. »Findest du dies angesichts seines Verhaltens in den letzten sechs Monaten seit seiner Rückkehr überraschend?«

»Ja.« Allerdings hätte sie das nicht tun sollen. Dennoch hatte sie gehofft. »Wie kann er sich nicht für die Pächter interessieren und die Tatsache, wie bedeutend dieser Tag für sie ist?« Der Tag nach Weihnachten war eine Zeit, an der alle in und um das Dorf Hartwell und dem Hartwood Anwesen, zusammenkamen und feierten, ihre Sorgen und Verpflichtungen einmal vergaßen und sich an der Gemeinschaft und Zuneigung erfreuten.

»Der Tag kann trotzdem noch bedeutend sein. Es liegt nur an dir, ihn entsprechend zu gestalten.« Poppy schenkte ihr ein zuversichtliches Lächeln. »Ich würde dir meine Hilfe anbieten, aber ...« Ihre Stimme erstarb und ein Schatten huschte über ihre Augen.

Bianca ergriff die behandschuhte Hand ihrer Schwester und drückte sie. »Ich würde dich nicht bitten.« Poppy durchlebte eine schwierige Zeit und ihre Einwilligung, Bianca zu dieser dreitägigen Hausparty in Thornhill, dem eine Stunde entfernten Anwesen des Vicomte Thornaby, zu begleiten, war bereits mehr als genug.

»Danke, meine Liebe«, antwortete Poppy und erwiderte im Gegenzug den Händedruck. »Der Diener lädt dein Gepäck in meine Kutsche. Bist du bereit?«

»Das bin ich.« Bianca warf einen traurigen Blick zum

Arbeitszimmer ihres Bruders zurück. Noch immer blieb ihr Zeit, seine Meinung zu ändern. Aber nicht viel.

Ihre Zofe, Donnelly, trat mit Biancas Accessoires in die Halle. Als sie mit Hut, Umhang und Handschuhen bekleidet war, verließen sie das Haus. Die Darlington Kutsche erwartete sie draußen, mit Poppys Zofe darin.

Sobald sie unterwegs waren, drehte sich Bianca, deren Gedanken aufgewühlt waren, ihrer Schwester zu. »Wir werden vorsichtig sein müssen, um Calders Zögern, das Fest zu geben, nicht zu verraten. Niemand soll erfahren, dass er dagegen war, nicht einmal für einen Moment.«

Poppy blinzelte sie an, ehe sie die Lippen schürzte. »Bianca, er *ist* dagegen. Und nicht nur für einen Augenblick. Er wird seine Meinung nicht ändern. Du musst leider loslassen.«

»Ich weigere mich. Es ist Tradition – das Dorf Hartwell wird am Boden zerstört sein, wenn sie nicht weitergeführt wird, wie in den vergangenen … ich weiß nicht, wie lange.«

»Ich habe gehört, dass es seit dem ersten Herzog eine Art von Feierlichkeit gegeben hat – sogar unter Cromwell, als es verboten war, Weihnachten zu feiern.« Poppy sah aus dem Fenster und eine dunkle Locke wippte unter ihrem modischen, tannengrünen Hut an ihrer Schläfe. »Allerding ist Calder jetzt der Herzog. Es ist seine Entscheidung, die Tradition fortzusetzen. Oder nicht.«

Über die mangelnde Entrüstung ihrer Schwester frustriert, starrte Bianca auf die vorüberziehende Landschaft. Die Felder lagen brach und wirkten mit dem einsetzenden Winter öde, doch die Hecken unter den nackten Zweigen der Bäume waren üppig und grün. Als sie noch einmal den Kopf drehte, um ihre Schwester anzusehen, fragte sie: »Bist du nicht das geringste bisschen enttäuscht?«

»Natürlich bin ich das. Allerdings bin ich über andere

Angelegenheiten weitaus enttäuschter.« Sie blickte aus dem Fenster und murmelte. »Egal.«

Bianca bezwang ihr Gereiztheit. Poppy hatte andere Sorgen. »Entschuldigung. Das ist nicht dein Anliegen, es ist meines.« Und sie würde Sorge dafür tragen, dass das Fest stattfand. Das musste sie. Vielleicht lag Calder nichts an der Tradition oder daran, guten Willen unter den Bewohnern von Hartwell und den Pächtern von Hartwood zu säen, aber Bianca war dies wichtig.

Es vergingen mehrere Minuten, ehe Poppy eine leise Feststellung machte. »Ich kann sehen, wie dein Verstand arbeitet.«

Bianca formte den Mund zu einem unwillkürlichen, halbherzigen Lächeln. »Kannst du das?«

Poppy lachte leise. »Es hört nie auf. Und das ist ein Kompliment. Dein ewig arbeitender Verstand ist, was dich ausmacht, Bianca.«

Es brachte ihr auch ein, unverheiratet zu sein. Die meisten Gentlemen waren, wie sich herausgestellt hatte, nicht an einer Frau mit ausschweifenden Meinungen und einem Hang, sie mitzuteilen, interessiert. Nicht, dass sie viel Zeit damit verbracht hatte, sich mit der Suche nach einem Ehemann zu befassen.

Mit zweiundzwanzig war sie auf dem Heiratsmarkt eine Spur überfällig, was der Krankheit ihres Vaters in den vergangenen Jahren zuzuschreiben war. Darüber hinaus hatte sie keinerlei Wunsch, eine Saison in London zu haben. Sie liebte Hartwell und die Umgebung … und wenn sie heiraten *müsste* – und sie war keineswegs sicher, ob dem so wäre – würde sie einen Gentleman aus dem Umland weitaus eher bevorzugen. Das Problem war, dass es nicht allzu viele gab, die nicht in den Krieg gezogen waren. Auf der Hausparty wären allerdings mehrere zugegen, einschließlich dem Viscount Thornaby selbst.

Sie wollte Thornaby oder jemand anderen nicht gerade heiraten, aber vielleicht wäre er interessiert, in die Bresche zu springen, wenn Calder sich in Bezug auf das Fest weigerte. Thornhill lag mit der Kutsche eine Stunde entfernt und zu Fuß sogar noch länger, womit dieser Schauplatz weniger als ideal wäre, aber wenn sie nichts anderes finden könnte ... Ja, sie würde die Gelegenheit auf dieser Hausparty wahrnehmen, um einen Notfallplan zu ersinnen. Nur für den Fall, dass Calder sich als außergewöhnlich stur erwies.

Oder kaltherzig.

Sie fürchtete, dass es sich um Letzteres handelte. Der Bruder, der aus London zurückgekehrt war, war nicht der Bruder, an den sie sich aus ihren Kindertagen erinnerte. Doch andererseits war das auch ihre Schwester nicht. Sie warf Poppy einen Blick zu. Zarte Fältchen zogen sich um ihre Augen und den Mund, als sie aus dem Fenster blickte und ließen sie ein wenig älter als ihre vierundzwanzig Jahre wirken. Bianca wünschte sich, dass ihre Schwester mehr von ihren Problemen mitteilen würde, aber das tat sie nicht.

Manchmal fragte sich Bianca, ob sie in Wahrheit vielleicht nicht von der gleichen Familie wie ihr älterer Bruder und ihre Schwester abstammte. Sowohl Calder als auch Poppy behielten ihre Emotionen für sich, während Bianca die ihren für alle sichtbar zur Schau stellte. Papa hatte gesagt, dass sie genau wie ihre Mutter sei. Wie sehr sich Bianca wünschte, sie hätte dies selbst feststellen können.

Oh, dies entwickelte sich zu einem melancholischen Tag! Bianca straffte die Schultern und presste das Rückgrat an die Rückenlehne. Es war beinahe ihre liebste Jahreszeit – die Zeit, zu der die Menschen sich bereitwilliger öffneten und Freude fanden. Es war eine Zeit des Friedens und des Glücks.

Und sie würde sich das nicht von Calder ruinieren lassen. Das Fest zum zweiten Weihnachtstag würde auf Hartwood stattfinden. Sie weigerte sich, irgendetwas anderes zu akzeptieren.

~

*I*m Salon von Thornhill, dem Landsitz des Viscount Thornabys, holte Ashton Rutledge, Earl of Buckleigh, tief Luft und zählte bis drei. Diese Übung fiel ihm nach so vielen Jahren leicht und er betete, dass sie ebenso gut wie immer funktionieren würde. Als er nicht hustete oder grunzte oder seinen Kopf schieflegte, wusste er, dass sie wirkte und er dankte dem Himmel dafür.

Er lächelte seinen Gastgeber, Thornaby, höflich an. »Vielen Dank für die Einladung.«

»Ich konnte doch den neuen Earl nicht ignorieren!« Thornaby schmunzelte, aber seine Reaktion war nicht herzlich. Vielleicht lag es an der Art, wie sein Blick zu seinen Freunden, Keldon und Moreley, schweifte, oder dem unterschwelligen, verschlagenen Grinsen, das seine dünnen Lippen umspielte.

Ash schluckte die Antwort hinunter, die er ihm am liebsten gegeben hätte – *ich bin sicher, dass du es versucht hast* – und gab sich Mühe, sich auf die Zukunft anstatt die Vergangenheit zu konzentrieren. Vielleicht sind sie alle erwachsen geworden – so wie er.

»Ich muss sagen, dass du gar nicht so bist, wie ich dich in Erinnerung habe«, bemerkte Moreley, der Ash abschätzend betrachtete und verblüfft schien, was er da sah.

Ash konnte sich gut vorstellen, was Moreley und die anderen dachten, dass Ash kaum dem dürren Jungen glich, der vor zehn Jahren seinen Abschluss in Oxford gemacht hatte. »Ich würde das Gleiche von dir sagen«, erwiderte Ash, als er Moreleys zurückweichenden Haaransatz zur Kenntnis nahm, Keldons leichten Bauchansatz und Thornabys … was? Er sah beinahe genauso aus. Noch immer groß und kantig, mit einer langen Nase und kleinen, hungrigen Augen.

»Würdest du das?«, fragte Keldon und sah seine Freunde an. »Wir haben uns gar nicht verändert.« Die anderen nickten und lachten unter sich, als ob sie einen Witz teilten, der nur ihnen dreien bekannt war.

Nun, das war entmutigend. Veränderungen waren, wie Ash lange zuvor entschieden hatte, eine ausgezeichnete Sache.

Moreley schniefte. »Ich will dich nicht anlügen. Wir vermissen Lyndon schrecklich.«

Ash zwang sich, nicht finster dreinzublicken, und zwar einerseits, um sich davon abzuhalten, das Trio zu beleidigen, und andererseits, weil es nicht höflich war, schlecht über die Toten zu denken. Aber es war verflucht schwer, über den ehemaligen Earl, seinen moralisch verarmten Cousin, nicht schlecht zu denken. Ash hörte die Stimme seiner Mutter, wie einen fortdauernden Kinderreim in seiner Jugend: »*Wir müssen Nachsicht mit Lyndon haben, weil er nicht die Liebe und Unterstützung hatte wie du. Ohne Mutter und mit einem kaltherzigen, leidenschaftslosen Vater aufzuwachsen, ist für sich genommen eine Tragödie.*«

Dies hatte es für Ash nicht leichter gemacht, Lyndons Misshandlungen zu ertragen.

Aber das war die Vergangenheit und Ash beabsichtigte, sich auf die Zukunft zu konzentrieren. Egal wie schwierig das auch war, insbesondere hier und jetzt, da die Vergangenheit ihm ins Gesicht starrte

»Ich bin sicher, dass es Lyndon lieber wäre, wenn er hier bei euch wäre«, bemerkte Ash glatt.

Thornaby schnaubte. »Das ist verdammt offensichtlich.«

»Wir werden morgen zu seinen Ehren eine Jagd veranstalten«, verkündete Moreley, wobei er die Stimme ehrfürchtig hob. Er warf einen bedauernden Blick zu Ash. »Zu schade, dass du nicht mitmachen kannst.«

Das hatte einst der Wahrheit entsprochen und Ash vermutete, dass dem noch immer auf eine gewisse Weise so war. »Ich kann, aber ich wähle, es nicht zu tun.« Das Leben als Earl war ihm noch neu und zum Sport jagen gehörte weder zu den Dingen, die er jemals gemacht hatte, noch hegte er den ausdrücklichen Wunsch, es zu lernen. Er konnte, im Gegensatz zu ihrer Annahme, reiten *und* schießen.

In Moreleys dunklen Augen flackerte Überraschung auf und er tauschte wissende Blicke mit seinen Freunden aus, ehe er seine Aufmerksamkeit wieder Ash zuwandte. »Du kannst mit den Damen hierbleiben. Vielleicht werden sie dir gestatten, Pikett zu spielen.«

Keldon kicherte. »Die perfekte Lösung.«

»Oder du könntest für mich und alle anderen, die lieber nicht jagen, einen Ausritt arrangieren«, schlug Ash mit Blick auf seinen Gastgeber galant vor.

Unglücklicherweise unterbrach der Butler die Unterhaltung, ehe Thornaby antworten konnte. »Lady Darlington und Lady Bianca Stafford, Mylord«, kündigte der Butler an, ehe er zur Seite wich, als die beiden Frauen, die er gerade angekündigt hatte, den Salon betraten.

Obwohl Jahre vergangen waren, seit er die beiden Damen zum letzten Mal gesehen hatte, erkannte Ash sie sofort. Lady Darlington war ein klein wenig größer – mit graublauen Augen, die ihre Umgebung abschätzten, und einem reservierten Benehmen, das sich in ihrer steifen, zusammengezogenen Haltung und den, auf Taillenhöhe verschränkten Händen äußerte.

Lady Bianca schien andererseits vor lauter Enthusiasmus überzusprudeln. Sie trat einen Schritt auf sie zu und ihre strahlendblauen Augen funkelten vor Neugier und Lebhaftigkeit. Obwohl zierlich, schien sie ein Bündel streng kontrollierter Energie und mit ihren seitlich gehaltenen Händen stand sie mit leicht auseinanderstehenden Beinen da, als ob sie jedem Moment vorwärts stürmen wollte. Dunkle Locken umrahmten ihr herzförmiges Gesicht.

Thornaby verbeugte sich. »Willkommen auf Thornhill, Lady Darlington, Lady Bianca.«

Die anderen Gentlemen verbeugten sich und murmelten ein Willkommen. Ash trat auf die Marchioness zu und verbeugte sich vor ihr. »Es ist mir ein Vergnügen, Sie wiederzusehen, Lady Darlington.« Dann drehte er sich ein wenig und verneigte sich auf gleiche Weise vor ihrer Schwester. »Lady Bianca.«

»Ich fürchte, ich –« Was auch immer Lady Darlington hatte sagen wollen, wurde von Keldon unterbrochen.

»Dies ist der neue Earl of Buckleigh«, verkündete Keldon. »Er ist Lyndons Cousin. Sicherlich erinnern Sie sich an das rote Haar.«

Lady Darlington lächelte, als sie amüsiert dem Kopf schüttelte. »Wie dumm von mir. Es ist entzückend, Sie wiederzusehen, Mylord.«

»Ash?«, fragte Bianca und trat auf ihn zu. »Ich habe dich überhaupt nicht erkannt! Wir waren alle so traurig über Lyndons Dahinscheiden. Ich habe gehört, dass du geerbt hast und nun auf Buck Manor bist.«

Sie erinnerte sich an ihn. Und sie nannte ihn ohne Zögern oder schlechtes Gewissen Ash. Es war richtig, dass sie ihn so nannte, denn in ihrer Jugend war er Ash gewesen und sie Bee.

»Ja, ich bin jetzt dort. Es fühlt sich ein bisschen … sonderbar an.« Vielleicht hätte er das nicht laut zugeben sollen, aber das war Bee, das Mädchen, das ihm einen Sommer lang beim Insektensammeln und Bäumeklettern überallhin gefolgt war.

»Merkwürdig?«, fragte Thornaby lauter als nötig. »Ich sollte doch wohl meinen, dass es herrlich ist. Ganz sicher ist es eine Verbesserung.«

»Vielleicht nicht«, entgegnete Bee mit einem Schulterzucken. »Ash ist berechtigt, sich so zu fühlen, wie er will.« Sie sah ihn mit einem herzlichen Lächeln an, das ihre Augen aufleuchten ließ. »Ich kann mir vorstellen, dass es merkwürdig ist … Buck Manor, das Leben als Earl, alles. Du machst eine gute Figur als Earl«, fügte sie hinzu und ihr Blick wanderte anerkennend über ihn hinweg.

Ach du liebe Güte, sie war wirklich direkt und absolut ohne jede Arglist. Ash war sich nicht sicher gewesen, dass solche Menschen existierten.

Dann wandte sie sich abrupt ihrem Gastgeber zu und unterzog ihn der gleichen Prüfung. »Wir würden vor dem Dinner gern etwas ausruhen. Um welche Zeit sollen wir herunterkommen?« Es war, als ob sie das Kommando hätte. Ash musste ein Lächeln unterdrücken.

»Um sechs«, gab Thornaby zur Antwort und ließ den Blick zwischen ihr und ihrer Schwester schweifen.

»Ausgezeichnet. Und können wir im Anschluss mit Tanz rechnen?«

»Für die, die dazu in der Lage sind.« Thornaby warf einen verächtlichen Blick auf Ash, dessen Schultern daraufhin zuckten.

Ash biss die Zähne zusammen und jeder Muskel in seinem Körper spannte sich an.

Bees lebhaften, blauen Augen zogen sich zusammen, als sie Ash von der Seite ansah und ihren Blick dann auf ihren Gastgeber richtete. »Ich kann mir nicht vorstellen, was Sie damit meinen, aber ich sollte wohl davon ausgehen, dass Unterhaltungen angeboten werden, die alle erfreuen. Wenn nicht, werde ich Sorge dafür tragen, dass dem so ist.«

Thornaby verbeugte sich leicht. »Ich würde mich geehrt fühlen, Lady Bianca. Ich bin ohne Gastgeberin und wenn Sie diese Stelle einnehmen wollen –«

»Sie gehen zu weit«, stellte Lady Darlington knapp fest. »Komm, Bianca.« Sie bedachte Thornaby mit einem vernichtenden Blick, ehe sie ihre Schwester am Arm nahm und sich aus dem Raum zurückzog.

»Sie ist aber eine Lebhafte!«, bemerkte Keldon mit einem Lachen.

Thornaby strich glättend über die Vorderseite seines Fracks. »Ich weiß ganz sicher, dass Hartwell sie so bald wie möglich loswerden will, vorzugsweise, bevor er ihr eine Saison bieten muss. Diese Party ist eine exzellente Gelegenheit.«

Moreley ließ ein Lächeln aufblitzen, womit er seine schrecklich schiefstehenden Zähne entblößte. »In der Tat, der Zeitpunkt ist perfekt. Lass uns wissen, wie wir dir in deinem Bestreben behilflich sein können.«

Ähm, seid ihr euch bewusst, dass ich genau hier stehe? Ash stellte die Frage nicht, aber er war kurz davor. Stattdessen holte er noch einmal tief Luft, zählte bis drei und sagte: »Du wirst einen überaus gut durchdachten Plan brauchen, um Lady Bianca für dich zu gewinnen. Vor Jahren, als ich in der Nähe von Hartwell gelebt habe, hatte sie mir einmal anvertraut, dass sie niemals heiraten würde.« *Nie, niemals, niemals* war ihre genaue Ankündigung gewesen, worauf sie eine Fratze geschnitten hatte, als hätte sie eine Nacktschnecke verspeist.

War das der Tag gewesen, an dem sie an einer Nacktschnecke geleckt hatte? Er konnte sich nicht genau erinnern.

Keldon beäugte Ash, als wäre er … eine Nacktschnecke. »Du kannst dich nicht ernsthaft auf etwas beziehen, was sie als Kind gesagt hat. Jedenfalls wird ihr Vormund, und in diesem Fall ist das ihr Bruder, bestimmen, was sie tut.«

»Das ist nur richtig so«, bemerkte Thornaby selbstgefällig. »Und auf dieser Grundlage würde ich sagen, dass diese Brautwerbung sich genauso abspielen wird, wie ich es erwarte.«

Unfähig, noch einen weiteren Augenblick ihrer Arroganz und Selbstverherrlichung zu ertragen, entschuldigte Ash sich und schlenderte zum Eingang, wo andere Gäste eintrafen. Geduldig wartete er auf den Butler, der ihn fragte, ob er bereit war, zu seinem Zimmer geführt zu werden.

»Ja, bitte.« Als er die Treppe hinaufstieg, fragte er sich, warum er gekommen war.

Weil du der Earl bist und Earls an Hauspartys teilnehmen.

Pfui.

Weil sie deine Nachbarn sind – gewissermaßen – und du sie kennen solltest.

Igitt.

Weil du etwas zu beweisen hast.

Er ballte die Hände zu Fäusten, was in Anbetracht seiner Lebensweise in den letzten zehn Jahren in London eine vertraute Reaktion war. Nein, er hatte nichts zu beweisen, vor allem nicht diesen »Gentlemen«, die er im Erdgeschoss zurückgelassen hatte.

Der Butler führte ihn in einen großen Salon, von dem mehrere Türen abzweigten. »Hier ist Ihr Raum, Mylord«, bemerkte der Butler, als er eine der Türen öffnete. »Wünscht Ihr noch etwas?«

Ash spähte hinein und erhaschte einen Blick auf Harris, seinen Kammerdiener. »Nein, vielen Dank.«

Mit einem Nicken ging der Butler davon und Ash trat in das Schlafzimmer, wobei er die Tür hinter sich schloss.

»Es ist alles ausgepackt, Mylord«, bemerkte Harris in seiner gewohnten, überschäumenden Effizienz. Gerade erst einundzwanzig war er wahrscheinlich eine schlechte Wahl für den Posten eines Kammerdieners, doch Lyndons Kammerdiener hatte nach dessen Tod gekündigt und die Einstellung eines neuen erforderlich gemacht. Da Ash nur wenig Erfahrung in der Einstellung von Kammerdienern hatte, war seine Wahl einfach auf den angenehmsten, eifrigsten Diener gefallen, den er finden konnte.

Eine Gesinnung konnte nicht gelehrt werden. Alles andere allerdings schon.

»Danke Harris. Wir haben etwas Zeit bis zum Abendessen. Ich werde wohl etwas lesen.« Und einen Plan ersinnen, um Bee vor Thornabys Bestreben zu retten. Falls sie gerettet werden wollte. Vielleicht hatte sich ihre Meinung über eine Eheschließung geändert. Thornaby hatte recht, dass man sie nicht beim Wort nehmen konnte, in Bezug auf etwas, was sie einmal als Kind gesagt hatte.

Wenngleich diese Frau, die er unten gesehen hatte, bis ins Kleinste genau dieses selbstbewusste, unerhörte junge Mädchen zu sein schien, an das er sich erinnerte. Die Art von Frau, die sich die Regeln anhörte, um sie gleich darauf so zurecht zu biegen, dass sie ihr dienten. Diese Art von Frau, die tief in seinem Inneren etwas anrühren konnte, wenn er sich gestatten würde, darauf zu reagieren.

Ash machte Anstalten, seinen Frack abzulegen und

Harris eilte herbei, um ihm zu helfen. Sobald Harris den Frack über seinen Arm drapiert hatte, zupfe Ash an seiner Krawatte und übergab sie ebenfalls seinem Kammerdiener. »Das wird reichen«, bemerkte Ash und Harris zog sich in das kleine Ankleidezimmer zurück.

Als Ash sich zum Kamin umwandte, bemerkte er, dass Harris seinen Gedichtband auf einem Tisch neben einem Stuhl abgelegt hatte. Ash setzte sich, nahm das Buch und schlug es auf, aber er las nicht. Stattdessen dachte er an Bee und wie wundervoll es war, sie wiederzusehen.

Wenn ich mir gestatte, zu reagieren …

Das würde er *nicht*.

KAPITEL 2

D as Dinner zog sich einen Gang zu lange hin, doch andererseits hatte Bianca oft das Gefühl, dass dies der Fall war. Nie wollte sie so viel essen, wie angeboten wurde oder so lange sitzen, wie von ihr erwartet wurde. Als die Damen sich in das Wohnzimmer zurückzogen, war sie mehr als begierig auf den Beginn des Unterhaltungsprogramms.

Noch wichtiger war allerdings, dass sie mit dem Viscount Thornaby über den zweiten Weihnachtstag sprach. Beim Dinner hatte sie neben ihm gesessen, doch jedes Mal, wenn sie die Sprache auf den zweiten Weihnachtstag bringen wollte, winkte er ab und sagte, sie würden später darüber sprechen, ehe er ihr einige hirnverbrannte Fragen stellte. Malte sie? Ritt sie gern? Genoss sie das Theater? Freute sie sich darauf, nach London zu gehen?

Nein. Ja. Sie wusste es nicht, weil sie nur einmal im Theater gewesen war. Und ganz bestimmt *nein.*

Poppy schlenderte mit ihr in den Salon und steuerte auf ein Sofa zu.

»Ich kann mich jetzt gleich noch nicht setzen«, erklärte
Bianca.

»Natürlich nicht. Mir war vollkommen entfallen, dass
du nach einem langen Essen normalerweise voller Energie
steckst.« Lächelnd schüttelte sie den Kopf. »Wie konnte ich
nur dieses Mysterium vergessen.«

Bianca berührte sie sanft am Arm. »Du hast eine
Menge anderer Dinge im Kopf.«

Poppy antwortete nicht, aber ihr Gesichtsausdruck
zeigte Dankbarkeit.

Mrs. Chamberlain und ihre Tochter, die ein paar Jahre
jünger als Bianca war, kamen auf sie zu. »Es tut uns so leid,
dass der Herzog Sie nicht begleitet hat«, erklärte Mrs.
Chamberlain. »Jetzt, da er geerbt hat, muss er schrecklich
viel zu tun haben.«

Den Teil mit dem Schrecklich hatte sie ganz richtig
gedeutet. »Ja«, antwortete Bianca. Was sonst sollte sie
sagen? Dass er hatte kommen wollen, aber nicht fortge-
konnt hatte? Vermutlich hätte dies als Antwort genügt,
aber er hatte keine Entschuldigung verdient. Sollten die
Leute denken, was sie wollten.

»Nun, ich denke mir, dass wir ihn bei der Versammlung im nächsten Monat und danach am zweiten Weihnachtstag sehen werden.« Mrs. Chamberlain sah ihre
Tochter stolz an. »Ich frage mich, ob er sich an meine
Marianne erinnert.«

Bianca machte den Mund auf, um der armen Frau zu
sagen, dass sie sich keine Hoffnungen machen sollte, sich
Calder zu angeln, aber Poppy sprach zuerst. »Ich kann mir
vorstellen, dass er das tun wird. Wenn Sie uns entschuldigen wollen?« Sie bedachte die beiden mit einem freundli-
chen Lächeln und dann schob sie ihren Arm unter Biancas
und führte sie davon.

»Du kannst nicht wirklich glauben, dass Calder

tatsächlich an der Versammlung teilnimmt – nicht bei dem Verhalten, das er an den Tag legt.«

»Das tue ich nicht, aber es ist auch nicht unsere Sache, das zu sagen«, entgegnete Poppy stirnrunzelnd. »Allerdings sollten wir vielleicht erwähnen, dass das Fest zum zweiten Weihnachtstag nicht stattfindet.«

»Nein!« Bianca sprach mit leiser, aber eindringlicher Stimme. »Ich sagte, dass wir es niemanden wissen lassen dürfen.«

Poppy nahm ihre Hand. »Und ich sagte dir, dass er seine Meinung nicht ändern wird. Je eher du akzeptierst, dass das Fest in diesem Jahr nicht stattfindet, umso besser ist es für dich. In der Tat glaube ich, dass du Weihnachten bei uns verbringen solltest, wenn sich Calders Manieren nicht bessern, und ehrlich gesagt kann ich mir das nicht vorstellen.«

Oh, das war genau, wonach Bianca der Sinn stand – sich in Poppys und Gabriels Haushalt einzumischen, wenn ihre Schwester in Verzweiflung erstickte. »Vielen Dank, aber Hartwell ist mein Zuhause und damit sollte ich ein Mitspracherecht haben, was dort geschieht, und das schließt auch die Frage ein, ob es ein Fest am zweiten Weihnachtstag gibt oder nicht.«

Poppy starrte Bianca ungläubig an und antwortete: »Du kannst das Fest nicht ohne Calders Erlaubnis ausrichten. Wie würdest du überhaupt dafür bezahlen? Und das ist nur der Anfang. Das Personal wird sich nicht gegen ihn stellen.«

»Aber sie werden ihr Fest haben wollen!« Biancas Frustration nahm noch zu, obwohl sie wusste, dass Poppy recht hatte. Sie konnte das Fest nicht ohne Calders Unterstützung ausrichten.

Bianca war nicht sicher, ob sie noch immer in Stimmung für Unterhaltung war. Natürlich war dies genau der

Augenblick, in dem die Gentlemen den Salon betraten. Ash fiel ihr sofort ins Auge, was vielleicht an seinem roten Haar lag. Sie hatte es immer faszinierend gefunden. Ihr eigenes Haar und das ihrer Geschwister war dunkel, glatt und langweilig. Aber Ashs Haar war Licht und Feuer und Energie.

»Lord Buckleigh erscheint reichlich verändert«, murmelte Poppy.

»Tut er das?«, fragte Bianca, deren Blick noch immer auf ihm verweilte.

»Erinnerst du dich nicht, wie er einmal war? Er hatte Schwierigkeiten mit Worten und er … zuckte.«

Bianca versuchte, sich zu erinnern, aber sie schaffte es nicht. Sie schüttelte den Kopf. »Das klingt nicht nach dem Ash, den ich kannte.«

»Es war später, kurz bevor er mit seinem Cousin ins Internat geschickt wurde«, erklärte Poppy. »Vielleicht war es mir bewusster, weil ich eher in seinem Alter bin. Er war auch ziemlich klein. Wenn man ihn sich jetzt anschaut, würde man das nicht ahnen.«

War er das? Bianca erinnerte sich auch daran nicht, aber *sie selbst war* klein gewesen, also war ihre Perspektive wahrscheinlich anders. Ob er nun damals eher schmächtig gewesen war oder nicht – jetzt war er es jedenfalls ganz bestimmt nicht mehr. Er war größer als alle anderen Männer im Raum, mit breiten Schultern und langen, durchtrainierten Beinen.

Er hatte auch keine Sommersprossen mehr, sondern ebenmäßige, wie gemeißelte Wangenknochen und ein leicht kantiges Kinn. Er ließ den Blick durch den Raum schweifen, bis er auf sie traf, und der Anflug eines Lächelns umspielte seine Mundwinkel.

Thornaby stellte sich zum Pianoforte in der Ecke. »Meine Schwester wird für die Tanzlustigen spielen.« Er zeigte auf einen, von Möbeln freigeräumten Bereich in der Nähe des Instruments. Dann ging er direkt auf Bianca zu. »Darf ich um die Ehre des ersten Tanzes bitten?«

Sie konnte nicht Nein sagen und ihre Laune *konnte* eine Aufheiterung vertragen. »Ja, vielen Dank.« Sie reichte ihm ihre Hand und sie schritten auf den improvisierten Tanzboden zu, wo sie ein Viereck mit einem anderen Paar bildeten.

Als die Musik einsetzte, bemerkte er: »In Bezug auf das Fest zum zweiten Weihnachtstag, wird es sonderbar sein, es in diesem Jahr nicht zu haben.«

Bianca verfehlte ihre Schritte. »Was?«

»Das Fest am zweiten Weihnachtstag«, wiederholte Thornaby mit einem leicht verwirrten Blick. »Der Herzog hat mir einen Brief geschickt, in dem er deutlich gemacht hatte, dass es nicht stattfinden wird. Ich nahm an, dass Sie beim Dinner darüber hatten sprechen wollen.«

Also hatte er das Thema absichtlich gewechselt, trotz der Tatsache, dass sie es ganz offensichtlich besprechen wollte. Sie biss die Zähne zusammen. Ihre Stimmung besserte sich *nicht.* Es bestand auch keine Hoffnung, Calders Entscheidung zu verheimlichen, bis sie ihn umstimmen könnte. »Ich bin überrascht, dass er Ihnen geschrieben hat. Wir waren noch im Gespräch, ob wir es abhalten sollen.«

»Ah, nun, ich werde es bald wissen müssen, weil wir die Arrangements rechtzeitig im Voraus treffen müssen.« Seine Familie stiftete das Essen und das Bier für die Feier, wie auch eine Handvoll anderer ortsansässiger Familien des Landadels.

»Haben Sie gesagt, dass das Fest zum zweiten Weihnachtstag nicht stattfindet?«, fragte die andere junge Frau in ihrem Viereck. Es war Miss Keldon und ihr Tanzpartner war Mr. Lamphrey.

»Das ist richtig«, antwortete Thornaby.

»Das ist es nicht ganz«, hielt Bianca dagegen. »Mein Bruder denkt noch darüber nach, ob er es ausrichten soll oder nicht. Er ist ein bisschen vom Herzogtum übermannt und ich muss ihn nur überzeugen, dass wie die Veranstaltung bewältigen können.« Sie setzte ein, wie sie hoffte, heiteres Lächeln auf, obwohl in ihrem Inneren ein stürmischer Aufruhr herrschte. Calder würde nicht erfreut sein, wenn ihm zu Ohren käme, dass sie ihn als übermannt beschrieben hatte. Er würde wieder einmal sagen, dass ihr Mund ihrem Gehirn vorausgeeilt war.

Sie traf in der Mitte des Vierecks mit Thornaby zusammen und er tippte mit den Händen kurz an ihre, ehe sie sich zurückzogen. »Er klang recht entschlossen in seinem Brief«, bemerkte Thornaby. »Es ist nicht das Ende der Welt. Es ist eine gewaltige Veranstaltung, die zu organisieren ist. Mein Vater hat immer gesagt, er sei froh, dass er nicht der Herzog von Hartwell ist, und er dies nicht auf sich nehmen musste!« Er lachte und Lamphrey stimmte ein.

»Nun, mein Vater hatte es genossen«, entgegnete Bianca knapp. »Ebenso wie ich. Und unsere Bediensteten und die Pächter. Und die gesamte Ortschaft.«

»Mir hat es auch gefallen«, bemerkte Miss Keldon solidarisch.

»Nun gut, alles Gute muss einmal ein Ende haben.« In Thornabys Stimme schwang ein überheblicher Ton mit. Er sah zu Lamphrey. »Wer hat das gesagt?«

»Shakespeare«, entgegnete Lamphrey selbstbewusst.

»Tatsächlich stammt es ursprünglich von Chaucer«, bemerkte Bianca mit einigem Abscheu. Sie stand den Rest des Tanzes durch und kehrte dann schnell zu ihrer Schwester zurück, die in eine Unterhaltung mit Ash vertieft war.

Er lächelte herzlich, als Bianca näher kam und ein Teil ihrer Erregung flaute ab. Allerdings nicht alles. Sie sah zu Poppy. »Calder hat allen eine Nachricht geschickt, dass er das Fest nicht ausrichtet.«

Poppy seufzte leise und bedachte sie mit einem mitfühlenden Blick. »Das war es dann, vermutlich.«

»Du glaubst doch nicht, dass ich aufhören werde, es zu versuchen?«

Mit einem heiteren Schmunzeln hob Poppy die Hände. »Ich sollte es besser wissen.«

»Welches Fest?«, fragte Ash, der verwirrt schien.

»Das jährliche Fest zum zweiten Weihnachtstag«, antwortete Poppy.

Ash nickte. »Ich erinnere mich daran. Eine riesige Angelegenheit auf Hartwood. Essen, Spiele, fröhliche Ausgelassenheit, unabhängig vom Wetter. Ich habe es vermisst, als ich nach London umgesiedelt bin. Ich verstehe, dass dies das erste Jahr ist, in dem es nicht stattfinden soll?«

»Wie auch du, hat unser Bruder seinen Titel dieses Jahr gerbt, und er hat beschlossen, das Fest nicht auszurichten.« Bianca runzelte die Stirn. »Ich versuche, ihn umzustimmen. Alle freuen sich darauf und es ist nicht so, dass wir es uns nicht leisten könnten.«

Poppy zog die Augenbrauen hoch, als sie einen Blick zu Bianca warf, der zu fragen schien: *Bist du dir dessen sicher?*

Natürlich war sie sicher. Ehe ihr Vater gestorben war, hatte er Bianca von ihrem großen Erbanteil erzählt, der ihre Mitgift wäre. Es sei denn, sie heiratete nicht. Dann würde das Vermögen an ihrem fünfundzwanzigsten Geburtstag ihres werden. Sie bezweifelte, dass sie eine derart beachtliche Summe erhalten würde, wenn das Herzogtum nicht in einem exzellenten finanziellen Zustand wäre.

»Wenn irgendjemand ihn umstimmen kann, dann bin ich sicher, dass du es bist«, sagte Ash aufmunternd. Er sah zur Tanzfläche. »Wir haben diesen Tanz verpasst, aber darf ich dich vielleicht um die Ehre des nächsten Tanzes bitten?«

Wieder konnte sie wirklich nicht nein sagen, ohne rüde zu erscheinen, aber sie wollte nicht in einem Viereck mit Thornaby gefangen sein oder in der Reihe neben ihm stehen. »Würde es dir stattdessen etwas ausmachen, ein wenig zu promenieren? Ich glaube nicht, dass mir nach einem weiteren Tanz zumute ist.«

Sein Blick flackerte vor Überraschung und er schien zu zögern, ehe er antwortete. »Natürlich.« Er bot ihr seinen Arm an und sah Poppy an, die nickte.

Bianca legte die Hand auf seinen Arm und sie traten zu ihrer Runde durch den Salon an. »Dies wird keine sehr lange Promenade. Wir werden zwei Runden drehen müssen.«

»Mindestens.«

Auf den Humor in seiner Stimme antwortete sie mit einem Grinsen. »Wie wundervoll es ist, dich wieder hier zu haben. Hast du dir jemals vorgestellt, dass du einmal der Earl sein wirst?«

Er schüttelte den Kopf. «Vermutlich hätte ich das tun sollten, nachdem mein Onkel vor einigen Jahren verstarb, aber ich bin davon ausgegangen, dass Lyndon heiraten und Söhne haben würde und das wäre es dann gewesen.«

»Er hat mich Anfang letzten Frühlings besucht.« Bianca erinnerte sich an Lyndons Versuche, sie zu beeindrucken, aber sie war mit der Pflege ihres Vaters zu eingespannt gewesen, um ihm besondere Beachtung zu schenken. Sie hatte ihn tatsächlich gebeten, sie nicht mehr zu besuchen. »Ich denke, er hatte sich Hoffnungen auf eine Verbindung gemacht.«

»Und dabei offensichtlich jämmerlich versagt.«

»Es war nicht sein Fehler. Mein Vater war krank. Es war eine ungünstige Zeit.« Oh, du liebe Zeit, das klang, als ob Lyndons Werbung um sie vielleicht willkommen gewesen wäre, und sie war sich ziemlich sicher, dass sie ihn abgewiesen hätte, ungeachtet dessen, was sich in ihrem Leben ereignete.

Er warf ihr einen entschuldigenden Blick zu. »Mein herzliches Beileid. Ich habe deinen Vater immer gemocht.«

»Vielen Dank. Meine Güte, er und dein Cousin sind innerhalb eines Monats gestorben.«

»Sind sie das?« Ash legte den Kopf schief. »Ich denke, du hast recht. Es ist gut, dass du meinen Cousin nicht geheiratet hast – eine doppelte Tragödie wäre grauenvoll gewesen.«

»Dafür bestand keine Gefahr, selbst wenn mein Vater wohlauf gewesen wäre. Ich glaube nicht, dass dein Cousin und ich zusammengepasst hätten. Im Grunde bin ich nicht sicher, ob die Ehe etwas für mich ist.«

Er lachte und überraschte sie damit. »Du hattest geschworen, niemals zu heiraten.«

Sie lachte ebenfalls. »Du erinnerst dich daran?«

Sein Blick begegnete dem ihren. »Ich erinnere mich an viele Dinge.«

Eine ungewohnte Hitze keimte in ihrer Brust auf und dehnte sich aus. Sie drehte den Kopf von ihm weg. »Das war eine Runde.«

»Das war es tatsächlich. Ich sollte dich warnen, dass Thornaby dich ins Auge gefasst hat, um dir den Hof zu machen. Er beabsichtigt, sich im Laufe dieser Party zu erklären, wenn ich mich nicht irre.«

Sie versagte sich nicht, ein Gesicht zu ziehen. »Ich hoffe, du irrst dich.«

»Ich glaube nicht, dass ich das tue.«

Sie dachte an ihren Tanz mit Thornaby und seufzte vor Abscheu. »Nein, ich glaube auch nicht, dass du das tust.« Sie warf ihm einen langen Seitenblick zu. »Was hat er gesagt?«

»Möchtest du, dass ich offen spreche?«

Sie zuckte mit einer Schulter. »Das haben wir immer getan.«

»Wir waren Kinder.«

»Es ist so ein Jammer, dass Kinder einander immer sagen können, was sie wollen, und wenn wir erwachsen werden, müssen wir uns zurücknehmen und überlegen und zensieren.« Sie warf ihm einen listigen Blick zu. »Ich bin nicht sehr gut darin, fürchte ich.«

Er schmunzelte. »Ich hätte das auch nicht von dir erwartet – nicht von der Bee, die ich in Erinnerung habe.«

»Wirst du mir nun berichten, was Thornaby gesagt hat oder nicht?«

Er grinste. »Er sagte, dein Bruder sei erpicht darauf, dich zu verheiraten, und zwar vorzugsweise, bevor er dir eine Saison finanzieren muss. Ich kann kaum glauben, dass das wahr ist – Thornaby ist einfach nur ein Mistkerl.« Er sah kurz zu ihr hinüber und seine Augen weiteten sich leicht. »Es tut mir leid«, murmelte er.

»Da ist kein Mitleid nötig. Thornaby *ist* ein Mistkerl, soweit ich das beurteilen kann. Und traurigerweise klingt das ganz nach meinem Bruder. Er ist wirklich überaus schrecklich.« Sie winkte ab. »Nicht, dass dies von Bedeutung wäre, weil ich sowieso keine Saison will. London interessiert mich nicht.« Sie beäugte ihn. »Du hast dort gelebt?«

»Zehn Jahre lang.«

»Und hat es dir gefallen?«

»Sehr.«

»Warum?« Sie wollte es ehrlich wissen.

»Das ist eine etwas längere Geschichte und wir sind beinahe am Ende unserer zweiten Runde angelangt.«

Bianca schürzte ihre Lippen zu einem vorgetäuschten Schmollmund. »Das ist kaum gerecht. Wirst du sie mir ein anderes Mal erzählen?«

»Es wäre mir ein Vergnügen.«

Sie trafen bei Poppy ein und widerstrebend entzog Bianca ihm ihren Arm und trat zu ihrer Schwester. Was für eine erfrischende, ehrliche und offene Unterhaltung. »Wirst du morgen an der Jagd teilnehmen?«, fragte Bianca.

Er schüttelte den Kopf. »Ich jage nicht.«

Biancas Herz tat einen Extraschlag. Sie hatte die Jagd als Sport nie ganz verstanden, mit den Hunden und all dem Unsinn. »Oh?«

»Ich schieße allerdings gern und reite, und ich habe Thornaby zu überzeugen versucht, einen Ausritt für diejenigen zu organisieren, die nicht jagen. Ich glaube allerdings nicht, dass er zugehört hat.«

»Dann erlaube mir«, sagte Bianca mit einem verschmitzten Blick. »Ich sehe dich morgen.« Sie drehte sich abrupt um und steuerte auf Thornaby zu, der gerade die Tanzfläche verließ.

Nach fünf Minuten hatte er zugestimmt, in der Zeit, in der die Jagd stattfinden sollte, einen Ausritt und einen separaten Schießwettbewerb am Nachmittag zu organisieren. Als sie zu Poppy zurückkehrte, begriff sie, dass sie ihn dazu bringen könnte, das Fest zum zweiten Weihnachtstag zu organisieren. Wenn sie wollte.

Sie war nicht sicher, ob dem so war. Er wäre ein grauenhafter Gastgeber. Unglücklicherweise hätte sie aber vielleicht keine andere Wahl.

Ihr Blick schweifte zu Ash ab, der sich mit zwei jungen Damen unterhielt. Er wäre ein weitaus besserer Gastgeber. Leider jedoch, lag sein Anwesen zu weit entfernt. Sie würden alle Gäste mehr als zehn Meilen transportieren müssen.

Biancas Verstand begann zu arbeiten …

»Du denkst wieder nach«, bemerkte Poppy, die sie spekulierend beäugte.

Ein Grinsen schlich sich über Biancas Lippen. »Immer.«

~

Der Morgen war leicht bewölkt und recht kalt. Als Folge erschienen nur zwei Personen für den Ausritt – Ash und Bee. Mehrere Pferdeknechte – drei, um genau zu sein – standen bereit, um sie zu begleiten.

Ash fragte sich, ob sie verzichten würde, weil es nur sie beide waren. Stattdessen schien sie … erfreut?

Bees Augen funkelten im vormittäglichen Licht, als sie sich umsah. »Dann sind es also nur wir?«

»So scheint es«, bemerkte Ash.

Sie sah ihn mit einem spitzbübischen Lächeln an. »Wundervoll.« Dann ging sie zum Aufsitzblock und bestieg das Pferd, das Thornaby zur Verfügung gestellt hatte.

Ash schwang sich in den Sattel seines eigenen Pferdes und näherte sich Bee. »Ist das annehmbar? Nur wir beide auf einem Ausritt, meine ich.«

Sie zuckte mit den Schultern. »Ist das von Bedeutung?«

Er lachte. »Du bist genauso unerhört, wie ich dich in Erinnerung habe.«

»Ist das ein gutes Zeichen?«, fragte sie, als sie aus dem Stallhof hinaus ritten.

»Ich denke schon. Es ist bestimmt nicht langweilig.«

»Ist das eine Gefahr? Langweilige Frauen?«

»Alles Langweilige ist eine Gefahr.«

»Ich stimme von ganzem Herzen zu. Was hast du in

London gegen die Langeweile unternommen?«, fragte sie. »Du hast versprochen, mir zu erzählen, warum du gern dort gelebt hast.«

Er sah sie mit einem neckenden Blick an. »Ich kann mich nicht erinnern, dir irgendetwas versprochen zu haben.«

Sie verdrehte die Augen. »Vielleicht übertreibe ich.«

»Du? Niemals.« Er dachte an das eine Mal zurück, als sie behauptet hatte, einen Wolf gesehen zu haben, doch als er ihr erklärte, dass in England keine Wölfe lebten, hatte sie eingelenkt und gemeint, es sei wohl nur ein großer Hund gewesen. »Ich verspüre das Bedürfnis nach einem rasanten Ritt und anschließend werde ich dir von London berichten, einverstanden?«

Sie nickte und sah ihn mit einem scheuen Lächeln an. »Sollen wir ein Wettrennen machen?«

Sie hatten den Stallhof verlassen und erklommen den kleinen Hügel, der eine schöne Aussicht über die Parkland-schaft bot, die an Thornabys Anwesen grenzte. Sie wartete seine Antwort nicht ab, ehe sie ihr Pferd zu einem Galopp antrieb.

»Mein lieber Schwan«, murmelte er sowohl aus Aner-kennung als auch aus Erwartungsfreude. Er lenkte sein Pferd hinter ihrem her und gab sich alle Mühe, mitzuhalten.

Zum Schluss war sie die Siegerin, aber er hatte sich keine allzu große Mühe gegeben, sie zu überholen. Er genoss es viel zu sehr, sie zu beobachten.

Als er sie einholte, grinste sie und ihr Atem ging stoß-weise, als sie ihrem Pferd den Hals klopfte. »Hast du mich endlich eingeholt?«

»Du bist eine außergewöhnliche Reiterin«, gab er zurück.

»Vielen Dank. Ich bin nicht dazu gekommen, dich zu

sehen, aber da du mitgehalten hast, stelle ich mir vor, dass du ebenfalls vergleichsweise versiert sein musst.«

Er lachte über ihre Überheblichkeit. »Ich bin passabel.«

»Würdige dich nicht selbst herab. Du bist mehr als das.« Sie ließen ihre Pferd auf dem Weg zurück, den sie gekommen waren, im Schritt gehen und die Knechte zockelten hinter ihnen her. »Erzähl mir jetzt von London.«

»Du bist wirklich noch nie dort gewesen?« Sie schüttelte den Kopf. »Als ich jünger war, hat mein Vater mich nie ermuntert und es war mir nicht in den Sinn gekommen, ihn zu fragen. Ich bin hier im County Durham recht zufrieden. Aber ich kann mir vorstellen, dass es in London viel zu erleben und zu sehen gibt.«

»Oh ja. Das Theater. Das Britische Museum. Die Ausstellung der Royal Academy. Hyde Park. Und so viel mehr.« Er dachte an seine Lieblingsorte – Orte, die sie nicht aufsuchen könnte.

»Das hat dir daran gefallen, dort zu leben – die Orte, die du besuchen konntest? Um deine Langeweile zu zerstreuen?« Letzteres fragte sie mit einem koketten Lächeln.

Kokett? Vielleicht. Er war nicht besonders gut im Flirten und nicht ganz sicher, wie dies überhaupt aussah. Er hatte keine Erfahrung auf dem Heiratsmarkt oder im Hofieren einer Frau im Allgemeinen. »Es war schwer, sich zu langeweilen. Ich wurde vom Gericht zugelassen und habe als Anwalt gearbeitet.«

Sie schien beeindruckt und ihr Blick schweifte bewundernd über ihn hinweg. »Gut gemacht. Was hast du gemacht, um dich zu vergnügen?«

Leute verprügelt.

Glücklicherweise sprach er das nicht laut aus. Boxen war seine wahre Leidenschaft. Er hatte sich durch seinen Zorn gekämpft, den er so viele Jahre während der Schulzeit genährt hatte und seine Impulse unter Kontrolle gebracht. Die Sprache, das Hüsteln und Räuspern, die Zuckungen.

Nicht lange nach seiner Ankunft in London hatte er einen Kampf besucht. Das hatte zu Unterricht und letztendlich seiner eigenen Teilnahme an Kämpfen geführt. Es war nichts Großartiges, sondern eher kleine Veranstaltungen, die ihm ermöglichten, seine Fähigkeiten zu verfeinern und sich in Selbstkontrolle zu üben. Und sich einen Ruf als gefürchteten Faustkämpfer aufzubauen, was gar nicht seine Absicht gewesen war.

»Ich, ähm, hatte nicht viel freie Zeit. Aber ich bin gern geritten.«

Sie sah ihn misstrauisch an. »Das ist überhaupt keine lange Geschichte. Du hast mich gestern Abend getäuscht.«

»Hmm, da könntest du recht haben. Es waren zehn Jahre und deshalb fühlt es sich wie eine lange Geschichte an.« Er versuchte, darüber nachzudenken, was er sagen könnte, ohne zu viel preiszugeben. Letztendlich war sie eine junge Dame.

Verdammt, sie war aber auch *Bee.*

»Ich habe London geliebt«, erklärte er mit Rückblick darauf, wie sehr er sich in der Zeit dort verändert hatte. »Dort bin ich zu der Person geworden, die ich bin. Ich glaube nicht, dass das passiert wäre, wenn ich nach meinem Abschluss in Oxford hierher zurückgekommen wäre.« Das hatte er sowieso nicht gewollt, nicht nach allem, was er dort erlitten hatte.

»Ein Rechtsanwalt zu werden hat das bewirkt?«, fragte sie und klang skeptisch dabei. »Ich denke, da ist noch mehr an deiner Geschichte. Vielleicht wirst du sie mir eines Tages erzählen.«

Das wollte er. »Vielleicht werde ich das eines Tages tun.«

Sie ließen ihre Pferde einige Minuten traben und als sie sich Thornhill näherten, wurden sie wieder langsamer.

»Ich frage mich, ob du mir deine Meinung zu einer Sache geben könntest«, legte sie los, während sie ihn von der Seite ansah.

»Wenn ich kann, werde ich das tun.«

»Ich wette, du kennst Thornaby besser als ich. Glaubst du, er würde das Fest am zweiten Weihnachtstag ausrichten?«

»Warum würde –« Er hielt seine Worte zurück, ehe er sie ausgesprochen hatte. Obwohl er hart gearbeitet hatte, um sich unter Kontrolle zu bringen, schlüpften sie ihm dennoch gelegentlich über die Lippen. Er dehnte seinen Nacken als Reaktion. »Ich glaube nicht, dass ich ihn gut genug kenne, um das zu sagen.«

»Hoffentlich habe ich dich mit meiner Frage nicht verärgert.«

Verdammt, er hatte nicht die Absicht gehabt, ihr diesen Eindruck zu vermitteln. »Überhaupt nicht.« Er versuchte, sie abzulenken. »Warum richtet dein Bruder das Fest nicht aus?«

»Ich wünschte, ich wüsste es. Ich meine, ich wüsste es *wirklich* gern. Er sagt einfach, er wird es nicht tun. Er hat keinen guten Grund. Soweit ich das beurteilen kann, hat er *gar* keinen Grund.«

Ash kannte Calder Stafford nicht sehr gut – er war bereits von Oxford abgegangen, als er und Lyndon dort ankamen und Ash war ihm in London nur gelegentlich begegnet. »Es tut mir leid, dass er sich als schwierig erweist. Es ist so schade, dass er das Fest nicht veranstaltet. Oder dir wenigstens einen guten Grund liefert.«

»Ja, wenigstens den schuldet er uns.«

Er blinzelte sie an. »Uns?«

»Mir. Unseren Bediensteten und Pächtern. Den Dorfbewohnern. Dir.«

»*Mir?*«

»Du wärst gekommen, oder etwa nicht?«

»Wahrscheinlich.« Er hatte überhaupt nicht an die
Veranstaltung gedacht. Der Gedanke, seine erste Weihnachtszeit als Earl auf Buck Manor zu verbringen, reichte
ihm vollkommen.

»Ist deine Mutter jetzt auf Buck Manor? Es scheint, als
hätte ich sie in den letzten paar Monaten hier in Hartwell
nicht gesehen.«

»Sie ist im vergangenen Juli zu mir gezogen. Jetzt, wo
ich darüber nachdenke, wird sie wegen des Fests enttäuscht
sein.«

»Wir müssen es einfach haben«, erklärte Bee, als sie
zurück in den Stallhof ritten. »Alle werden enttäuscht sein.
Calder wird einlenken müssen.«

»Und wenn er das nicht tut?«

Ein Stallknecht trat zu ihnen, als Ash abstieg. Schnell
übergab er die Zügel und dann ging er los, um Bee vom
Pferd zu helfen.

Sie war auf ihrem Weg zum Aufsitzblock gewesen,
doch als sie ihn näherkommen sah, parierte sie ihr Pferd.
Der Knecht nahm ihre Zügel und sie drehte sich, damit sie
ihre Hand auf Ashs Schulter stützen konnte, ehe sie aus
dem Sattel rutschte.

Ash fasste sie fest um die Taille. Als sie vor ihm stand,
konnte er den Blick in die kobaltblauen Tiefen ihrer Augen
versenken und den süßen Duft ihrer Blumenseife riechen.
Er fühlte sich von einer überraschenden Hitzewelle erfasst,
die etwas in ihm regte, womit er nicht gerechnet hatte:
Verlangen.

Er nahm seine Hände von ihr und trat zurück.

Sie strich sich glättend über ihren Rock und schien von ihrer kurzen Verbindung unbeeindruckt. Und warum sollte sie auch fühlen, was er gefühlt hatte? In Wahrheit fing er zu zweifeln an, dass er selbst überhaupt etwas empfunden hatte. Er war einfach glücklich, sie nach so vielen Jahren zu sehen.

»Um deine Frage zu beantworten«, erklärte sie, »Wenn Calder nicht einlenkt, muss ich einen Ersatzplan bereithaben. Wenngleich es mich quält, denke ich, ich werde Thornaby bitten müssen, das Fest auszurichten.«

Thornaby würde hocherfreut sein, ihr zu helfen. Allerdings war er auch unglaublich knausrig, zumindest war er das einmal gewesen und Ash konnte sich nicht vorstellen, dass sich dies geändert hatte. Er war allerdings begierig, eine Beziehung zu Bee aufzubauen und Ash würde es dem Mann zutrauen, dass er ihre Bitte zu seinem Vorteil nutzte. »Sei vorsichtig«, riet er.

»Das bin ich immer.« Sie drehte sich zum Haus um und eine Brise wirbelte ihr die dunklen Locken ins Gesicht.

Ash lachte. »So wie damals, als du so hoch in den Baum geklettert bist, dass ich kommen musste, um dir herunterzuhelfen?«

»Ja, genauso.«

Er lachte noch heftiger. »In welcher Hinsicht war das vorsichtig gewesen?«

Sie strahlte ihn mit einem Lächeln an. »Weil ich wusste, dass du dort warst, um mich zu retten.«

Das Lachen blieb ihm im Hals stecken, doch er zwang es heraus, damit sie nicht bemerkte, wie sehr ihre Worte ihn getroffen hatten. Und wie genau war das?

»Würde die Frau, die du jetzt bist, wirklich gerettet werden wollen?«

Sie blieb stehen und wandte sich ihm zu. »Nein.« Dann sah sie zu ihm auf. »Wie konntest du das wissen?«

Das hatte er nicht, aber er hatte es vermutet. Sie war immer schon selbstbewusst gewesen, fast rücksichtslos sogar. Und sie schien ebenso frei heraus und furchtlos wie stets. »Es ist folgerichtig, dass du zu jemandem herangewachsen bist, der auf sich selbst aufpassen kann.«

Mit unverhohlenem Stolz sah sie ihn an. »Vielen Dank.«

Sie setzten ihren Weg zum Haus fort. »Und falls es dennoch je eine Möglichkeit gibt, wie ich dir behilflich sein kann, so hoffe ich, dass du mich fragen wirst.«

Sie erreichten den Eingang und sie hielt inne. »Das werde ich. Anders als du, werde ich es versprechen. Und ich werde mein Versprechen halten.« Ihr Blick wurde neckend und er musste davon ausgehen, dass sie mit ihm flirtete. Schon wieder. Vielleicht.

»Ich hatte dir kein Versprechen gegeben«, wiederholte er leise. »Aber wenn ich das tue, werde ich es halten.« Er öffnete die Tür für sie.

Sie hielt seinem Blick für einen langen Augenblick stand und dann zuckte ihr Mundwinkel nach oben. »Gut.«

KAPITEL 3

*B*ianca und Poppy schlenderten vom Haus auf den Rasen zu, wo der Schießwettbewerb stattfinden sollte. Bianca hoffte, dass man geplant hatte, die Frauen teilnehmen zu lassen. Und wenn nicht, nun, dann würde sie so oder so schießen.

Die meisten Gäste der Hausparty waren anwesend. Bianca entdeckte Ash sofort, der am Rande einer Gruppe Gentlemen stand.

»Es sieht so aus, als wären die Zuschauer dort drüben«, bemerkte Poppy, die nach rechts deutete, wo sich die meisten Gäste versammelt hatten. Alle anderen, einschließlich einer Handvoll Dienstboten, waren dicht um einen Tisch gruppiert. Jenseits davon waren drei Ziele aufgebaut. »Beabsichtigst du zu schießen?«, fragte Poppy.

»Das tue ich.«

»Papa wäre stolz.« Poppys Stimme war leise. Sie vermisste ihren Vater, allerdings nicht so sehr wie Bianca, was wahrscheinlich dem Umstand zu verdanken war, dass sie ihn in seinen letzten Jahren versorgt hatte. Poppy war bereits mit dem Marquess of Darlington verheiratet gewesen. Und Calder war natürlich weit fort in London gewesen, wo er sein Herz verhärtete.

»Du könntest auch schießen«, schlug Bianca vor, obwohl sie wusste, dass ihre Schwester ablehnen würde.

Poppy lachte mit aufrichtiger Heiterkeit auf. »Niemand will das zu sehen bekommen. Ich habe nie deine Fähigkeiten besessen. Offen gesagt hatte ich nie den Wunsch, es zu lernen.«

»Nein, du bist ein weitaus anständigeres weibliches Wesen.«

»Weil ich gern singe und musiziere?« Poppy warf ihr einen neckenden Blick zu.

»Weil du gut in beidem bist und im Sticken und all diesen häuslichen Dingen. All diese Dinge, in denen ich hundsmiserabel bin.« Bianca grinste stolz.

»Das ist nicht wahr. Du bist mehr als in der Lage, alle möglichen Dinge zu arrangieren und zu organisieren. Das ist ein außergewöhnliches häusliches Talent.«

»Vermutlich ist es das.« Bianca fixierte ihren Blick mit großer Intensität auf das Feld mit den Zielen. »Sie sollten mich besser schießen lassen. Ich sehe nicht eine Frau dort drüben.«

»Ich fürchte um sie, wenn sie es nicht tun«, entgegnete Poppy trocken.

Bianca sah sie mit einem schelmischen Blick an und schlenderte dann zum Schießbereich. Ash bemerkte ihr Näherkommen und zog eine seiner rotbraunen Augenbrauen hoch.

»Guten Tag, Lady Bianca«, begrüßte Thornaby sie und zog die dünnen Lippen zu einem gönnerhaften Lächeln zurück. Nein, das war nicht gerecht. Sie sollte nicht davon ausgehen, dass sie ihr die Teilnahme verweigerten. »Sind Sie gekommen, um uns Glück zu wünschen?« Er sah sie erwartungsvoll an.

Sie wippte auf ihren Zehenspitzen. »Ganz und gar nicht. Ich bin gekommen, um zu schießen.«

Thornaby machte große Augen und irgendjemand lachte. Gefolgt von einer zweiten Person. Dann einer dritten. Obwohl der Viscount nicht einstimmte, musste er sich ganz offensichtlich bemühen, nicht zu grinsen. »Ich fürchte, dieser Wettbewerb ist nur für Gentlemen«, erklärte er mit milder Herablassung. »Sie können von dort drüben zuschauen.« Er deutete in Richtung der Zuschauer.

Bianca zwang sich zu einem krampfhaft süßen Lächeln. »Befürchten Sie, von mir besiegt zu werden?«

Ihre Herausforderung wurde mit noch mehr Gelächter beantwortet.

»Sie ist eine Gefahr«, erklärte Mr. Moreley aus dem Mundwinkel heraus. »Sie hat Ruddy vorhin in einem Rennen geschlagen. Entschuldigung, Buckleigh meine ich.«

Mehrere Gentlemen drehten die Köpfe zu Ash und kicherten. Moreley hatte sich entschuldigt, doch er schien nicht zerknirscht. Und Bianca glaubte nicht, dass er sich entschuldigte, weil er das Rennen erwähnt hatte. Nein, er hatte sich korrigiert, nachdem er Ash »Ruddy«, genannt hatte. War das sein Spitzname?

»Ihn vernichtet, habe ich gehört«, warf ein anderer Gentleman ein.

Bianca bemerkte, dass niemand sie bewundernd oder ehrfürchtig ansah. Sie alle warfen höhnische Blicke auf Ash. Er stand mit einem ausdruckslosen Gesicht da.

»Es war kein Rennen«, erklärte Bianca, obwohl sie ihn ganz bestimmt zu einem Rennen aufgefordert hatte. Sie hatte gespürte, dass er sie nicht wirklich hatte einholen wollen.

Wie hatte überhaupt irgendjemand von den Gentlemen davon erfahren? Sie warf einen finsteren Blick zu den Ställen und dachte, dass es einer der Knechte gewesen sein musste. Sie verabscheute Dienstboten mit einem losen Mundwerk und war froh, keine davon auf Hartwell zu haben.

»Das war es und du hast gewonnen«, erklärte Ash, womit er dafür sorgte, dass alle die Köpfe in seine Richtung drehten. »Ich habe kein Problem damit, gegen eine Frau zu verlieren.« Er nagelte Thornaby mit einem erwartungsvollen Blick fest. »Warum lässt du sie nicht schießen?«

»Weil die Preise nichts für Frauen sind«, entgegnete er verstimmt. Erneut wandte er sich Bianca zu und brachte eine armselige Entschuldigung für ein Lächeln zustande. »Warum demonstrieren Sie uns Ihre Fähigkeiten nicht vor dem Wettbewerb?«

»Ein ausgezeichneter Vorschlag«, bemerkte Ash. »Ihre Leistungen könnten dann trotzdem mit allen anderen verglichen werden.« Er sah ihr in die Augen und Bianca hatte sich noch nie mehr einbezogen oder … gegenwärtig gefühlt. Der Augenblick vereinnahmte sie, bis sie sich zwang, das Wort zu egreifen.

Sie drehte sich Thornaby zu. »Ich akzeptiere.«

Thornaby wirkte vollkommen verblüfft. Mit gerunzelter Stirn wechselte er einen Blick mit jedem einzelnen der anderen Gentlemen. Bianca hielt den Atem an. Würde er ihr gestatten zu schießen oder würde er eine noch größere Szene machen?

Er richtete den Blick auf sie. »Welche Waffe würden Sie gern benutzen?« Seine Stimme war angespannt, als würde es ihn bereits schmerzen, diese Frage auch nur zu stellen.

Sie musste sich auf die Zunge beißen, um nicht laut loszulachen. Und er machte sich Hoffnungen, ihr den Hof zu machen? Sie marschierte an ihm vorbei zum Tisch, wo sie das halbe Dutzend Waffen in Augenschein nahm, das dort ausgelegt war. Dort lag eine Taschenpistole für Damen und auch ein Manton Steinschlossgewehr. Ihr Vater hatte ihr vor drei Jahren eine Taschenpistole für Damen geschenkt. Verglichen mit den anderen wirkte die Waffe winzig, aber sie wusste, dass sie eine ebensolche Wucht besaß. Dennoch war sie überrascht, sie hier auf dem Tisch zu entdecken, da sie normalerweise nicht zum Schießen auf größere Entfernungen benutzt wurde. Warum hatte man sie einbezogen? Sie schluckte ihr Lächeln hinunter, griff nach der Taschenpistole und dann runzelte sie die Stirn. »Sie ist bereits geladen.«

»Natürlich«, bemerkte der Viscount.

»Ich ziehe es vor, meine Waffe selbst zu laden.« Sie beharrte nicht auf dem Problem. Es genügte, dass man ihr gestattete, zu schießen. *Gestattete.* Bitterkeit stieg in ihrer Kehle auf und sie würgte sie hinunter, als sie um den Tisch herumging. »Ist es von Bedeutung, welches Ziel ich anvisiere?«, fragte sie.

»Nein, Sie müssen es nur ankündigen, bevor Sie schießen«, antwortete jemand anderer als Thornaby.

»Das mittlere.« Sie hob die Pistole und visierte das Ziel – Steingut auf einem Pfosten - an. Ihr Zielobjekt genau im Auge, drückte sie den Abzug.

Das Steingut zerbarst und flog unter einem Chor von Begeisterungsrufen – von den Zuschauern – vom Pfosten. Und von einem Gentleman. Sie drehte sich um. Es war natürlich Ash. Er grinste und applaudierte. Eine Welle der Wonne schwappte über Bianca hinweg. Sie sank in einen Knicks.

»Glücksstreffer«, stellte Keldon fest, der auf das von ihr ruinierte Steingut starrte, das nun um den Pfosten verstreut lag. Er klang schockiert, als ob er nicht glauben konnte, was er da gesehen hatte.

Ein Gefühl der Gereiztheit piekte sie am Nacken. »Das

war kein Glück. Soll ich es noch einmal vorführen?«, fragte sie in gespielter Unschuld. »Vielleicht mit dem Manton?«

Thornaby kam auf sie zu. »Ich denke, das reicht für heute. Vielen Dank für Ihre … Vorführung.«

Bianca verkniff sich eine scharfe Antwort. Das war der Grund, warum eine Heirat für sie nichts Interessantes zu bieten hatte. Sie musste erst noch einen Mann kennenlernen, der eine Frau als gleichwertig und ebenso befähigt wertschätzte. Ihr Blick flackerte zu Ash, der Thornaby stirnrunzelnd ansah.

Von Ashs Benehmen und seiner scheinbarer Unterstützung ein wenig besänftigt, zog sie sich in Richtung der Zuschauer zurück, wobei sie allerdings nicht den gesamten Weg zurücklegte. Das war zumindest eine kleine Rebellion.

Thornaby sah zu ihr hinüber und runzelte die Stirn, aber er sagte ihr nicht, dass sie sich entfernen sollte. Gut, denn das hatte sie nicht vor.

Einer der Diener lud die Taschenpistole nach, während Thornaby zu den Gentlemen sprach. »Wir werden eine erste Runde durchführen und jeder, der das Ziel trifft, kommt in die zweite Runde, bei der wir alle auf das gleiche Ziel schießen werden. Unsere Schüsse werden markiert und derjenige, der dem Mittelpunkt am nächsten ist, wird zum Gewinner erklärt.«

Es waren sechs Gentlemen und es gab sechs Pistolen. Alle strebten auf den Tisch zu und nahmen sich eine Waffe. Ash traf als Letzter ein und für ihn blieb nur die Taschenpistole. Sie wünschte sich so sehr, dass er die anderen übertrumpfen würde, aber sie hatte keine Ahnung, ob er ein guter Schütze war.

Thornaby legte den Kopf schief. »Ich habe die Taschenpistole für Damen für dich bereitgelegt. Ich dachte, es wäre für dich leichter, sie zu handhaben. Ich wusste nicht, dass tatsächlich eine Frau damit schießen würde.« Verächtlich schürzte er die Lippen und obwohl er die Stimme für den zweiten Teil seiner Worte gesenkt hatte, waren sie für Bianca dennoch gut verständlich. Sie war froh, in relativer Nähe geblieben zu sein.

»Wir sind bereit, dich dichter am Ziel stehen zu lassen, Ruddy«, bemerkte Moreley zu Ash, ehe er die anderen Gentlemen ansah und lachte.

Und wieder war da dieser Name. Ruddy musste Ash sein, aber warum? Sein Nachname war Rutledge. War es ein Spitzname? Sie betrachtete seine Schläfe, wo sein dunkelrotes Haar unter seinem Hut hervorlugte. Ruddy – rot.

Ash überprüfte seine Pistole. »Das wird nicht notwendig sein, aber ich weiß deine Rücksichtnahme zu schätzen.«

Die Gentlemen wechselten sich ab und Ash war als Letzter an der Reihe. Bianca hielt die Luft an, als er seine Stellung vor dem Ziel einnahm.

»Das auf der linken Seite«, antwortete Ash.

Bianca musste genau zuhören, damit sie alles verstand, was die anderen sagten. Sie war froh, dass sie nicht zu den Zuschauern gegangen war, denn von dort aus hätte sie überhaupt nichts verstehen können.

»Das ist das einzige, das noch übrig ist«, bemerkte Keldon amüsiert.

Ash warf Keldon einen steinernen Blick zu. »Ich befolge die Regeln wie angekündigt.«

»Das hast du immer getan, auch wenn es nicht zu deinem Vorteil war.«

Ashs Jacke kräuselte sich an seinen Schultern und sein Kopf ruckte kurz zur Seite. Dann hustete er.

»Oh, du meine Güte«, sagte Keldon. »Moreley, du hast ihn aufgebracht. Das solltest du besser nicht tun.«

Ehe noch irgendjemand etwas sagen konnte, feuerte Ash und die kleine Schale zersprang.

Bianca atmete auf und lächelte erleichtert. »Gut gemacht!«

Ash drehte sich, um sie anzusehen, aber seine Züge waren unergründlich. Er schien sehr konzentriert, was gut war. Sie wollte, dass er gewann.

»Es sieht so aus, als ob alle sechs von uns weiterkommen«, verkündete Thornaby.

Drei der Diener beendeten das Nachladen der Waffen, während zwei andere ein Ziel – eine große Holzscheibe mit einer kleinen Markierung in der Mitte – an die Pfosten nagelten. Sie kehrten zum Tisch zurück und alles war für die letzte Runde bereit.

Wie sehr sich doch Bianca wünschte, mitmachen zu können. Es war verdammt nochmal einfach nicht gerecht.

»Es ist schade, dass Lady Bianca nicht mitmachen kann«, bemerkte Ash.

Einer der Gentlemen, ein korpulenter Zeitgenosse namens Tealman, sah zu ihr hinüber und dann senkte er seine Stimme zu der Bemerkung. »Es wäre nicht erträglich.« Bianca musste sich anstrengen, um ihn zu verstehen. Trotz des Ärgers, der in ihren Adern brodelte, hielt sie sich nicht damit auf, ihn anzustarren.

Ash schmunzelte. »Wie ich schon sagte, macht es mir nichts aus, gegen eine Frau zu verlieren.«

»Ganz offensichtlich, wie du mit deiner jämmerlichen Niederlage heute Morgen bewiesen hast«, bemerkte Moreley mit bemerkenswerter Geringschätzung.

Bianca wollte Moreley vor das Ziel stellen.

Der erste Mann nahm seinen Platz ein und schoss. Er traf die Scheibe mehrere Zentimeter von der Markierung in der Mitte entfernt und ließ den Kopf ein wenig hängen, als er zu den anderen zurückkehrte. Doch trotz allem gratulierten sie ihm.

»Du hast eine ruhige Hand«, erklärte Keldon und klopfte ihm auf die Schulter. »Besser als einige andere.« Er nickte in Ashs Richtung.

Wie konnte er wagen, das zu sagen. Ash hatte das Ziel getroffen! Und er war ruhig geblieben. Bianca ballte die Hände zu Fäusten, als sie vor Entrüstung schäumte.

Moreley umrundete den Tisch und war an der Reihe. »Ich muss sagen, dass Ruddy besser ist als vor zehn Jahren. Ich wage zu sagen, dass er nicht in der Lage gewesen wäre, die Pistole zu heben, ohne einen Anfall zu erleiden.« Er sah zu Ash zurück. »Was für eine Hexerei hast du walten lassen, um dich so zu verändern?«

»Ist er wirklich so verändert?«, fragte Keldon. »Die Sprechweise ist besser, aber ich sehe, dass er noch immer zuckt.«

»Vielleicht trinkt er«, schlug Thornaby vor.

Moreley schüttelte den Kopf. »Das ist zu bezweifeln. Er hatte in Oxford nie viel Alkohol vertragen können. Immer ein jämmerliches Häufchen Elend.« Er senkte die Stimme und sagte etwas zu Thornaby und Keldon, wobei der die ganze Zeit grinste. Sie lachten zur Antwort und die anderen beiden Gentlemen stimmten ein. Ash stand in der Zwischenzeit stoisch da. Nein, nicht ganz stoisch. Das gleiche Kräuseln zog sich erneut über seine Schultern, gefolgt vom Zucken seines Kopfes und Dehnen des Nackens. Und einem weiteren Husten.

Bianca konnte nicht hören, was Moreley sagte, aber sie war sicher, dass es grässlich war. Ja, er sollte ganz bestimmt das Ziel sein. Wahrscheinlich war es eine gute Sache, dass sie nicht schoss.

Morely gab seinen Schuss ab und das Ergebnis war geringfügig besser als das des ersten Gentleman. Tealman war als Nächster dran und er traf das Ziel dicht am Rand der Scheibe. Er murmelte etwas – wahrscheinlich einen Fluch – in sich hinein und schüttelte den Kopf, als er zum Tisch zurückkehrte.

Keldon umfasste Tealmans Bizeps. »Eine gute Leistung. Es ist zweifelhaft, dass du der Schlechteste bist.«

Er sah nicht zu Ash, aber alle wussten, auf wen er sich bezog. Bianca bezweifelte, dass irgendjemand sonst mitbekam, was gesagt wurde, aber sie konnte alles verstehen. Bemerkten sie es? Würde es ihnen etwas ausmachen? Wie konnten sie Ash, der einen höheren Rang bekleidete, so scheußlich behandeln?

Und dennoch stand Ash stolz und ungerührt da. Nun, beinahe ungerührt. Die Zuckungen kamen jetzt in kurzen Abständen. Er räusperte sich mehrere Male. Sie beobachtete ihn, als er seine Hände zu Fäusten ballte, sie lockerte und die Übung wiederholte.

Keldon feuerte und traf beinahe mitten ins Ziel. Die anderen applaudierten und johlten. Selbstgefällig legte Keldon seine Waffe auf den Tisch und sah zu Ash. »Mach das einmal besser.«

»Das werde ich.« Die Worte schossen aus seinem Mund wie aus einer Pistole bei einem Schießwettbewerb. Ash zuckte erneut und dieses Mal zitterte sein Arm. Wenn das passierte, während er schoss …

Nein, das konnte es nicht. Das durfte es nicht. Sie beschwor ihre ganze Willenskraft herauf, damit das nicht passierte. Ihr Vater hatte ihr oft gesagt, sie hätte den Willen von zehn Männern und sie könne einfach alles tun, was sie sich in den Kopf setzte. Irgendwie hatte sie gedacht, dass er sie mit seinen Worten hatte bevormunden wollte, doch dann hatte er diesen Gedanken mehrere Male wiederholt, als er krank darniederlag und ihr war klargeworden, dass es ihm ernst damit war. Sein

Glaube an sie hatte ihre Entschlossenheit nur noch verstärkt.

Sie wollte auch Ash wissen lassen, dass jemand an ihn glaubte. »Natürlich wirst du das!«, rief sie und grinste breit zur Ermunterung.

Er sah zu ihr und tief in ihrem Bauch spürte sie seinen Blick auf ihr lasten. Es lähmte sie einen Moment und der Atem stockte in ihren Lungen, ehe er den Augenkontakt abbrach und auf den Tisch zuging.

»Noch nicht«, warnte Keldon mit erhobener Hand. »Thornaby zuerst. Du hast immer versucht, dich vorzudrängeln.«

»Du meinst, als ich vor euch allen eher mit der Schule fertig war?« Es war eine einfache Feststellung und dennoch so gewaltig. Bianca widerstand dem Drang, zu ihm zu eilen und ihn vor Freude zu umarmen.

»Wir hatten es nicht eilig«, antwortete Moreley. »Aber andererseits haben wir die Schule auch genossen und wir waren zusammen.«

Keldon spöttelte. »Ja, das waren wir. Und das sind wir noch immer.« Die Art, wie ihre Worte und ihr Verhalten Ash ausschlossen, war nicht misszuverstehen. Was um alles in der Welt hatte er ihnen je getan? Oder waren sie einfach grausam?

»Du bist dran!«, forderte Morely Thornaby auf.

Der Viscount nahm seinen Platz ein, was von aufmunternden Worten und einer Runde Applaus seitens der Zuschauer begleitet wurde. Vermutlich, weil er der Gastgeber war. Bianca hoffte, dass der Schuss danebenging. Schrecklich daneben.

Das geschah allerdings nicht.

Die Kugel landete nicht ganz so nah an der Mitte wie Keldons, aber der Treffer brachte ihn auf den zweiten Platz.

Dies wurde von weiteren Begeisterungsrufen begleitet. Endlich war Ash an der Reihe.

»Bist du sicher, dass du dich nicht näher dran stellen möchtest?«, fragte Thornaby. »Es würde keinem von uns etwas ausmachen. Du scheinst ein bisschen zittrig. Ich würde nicht wollen, dass deine Kugel querschlägt.«

»Bei Gott, nein«, rief Moreley kopfschüttelnd aus. »Auf keinen Fall. Ich bestehe darauf, dass du dichter herangehst.«

Bianca rückte näher zu ihnen, da die Lautstärke ihrer Unterhaltung abnahm, und sie nicht verpassen wollte, was gesagt wurde.

»Oder vielleicht sollte er gar nicht schießen«, schlug Keldon vor und sah Ash mit spöttischem Mitleid an. Vielleicht war es aber auch echtes Mitleid. Bianca konnte es nicht sagen und sie glaubte auch nicht, dass es von besonderer Bedeutung war. Sowohl das eine wie das andere war rüde und vollkommen unnötig.

Sie marschierte auf sie zu, ohne sich darum zu kümmern, wie sie vielleicht reagieren könnten. »Oh, hören Sie auf und lassen Sie in schießen. Wenn er zittert, dann liegt das daran, dass Sie alle sich wie Rüpel benehmen.«

Sie alle glotzten sie mit offenen Mündern an. Außer Ash, der sie mit unverhohlener Bewunderung ansah.

»Weichen Sie zurück, Lady Bianca«, warnte Morely scharf. »Dies ist kein Ort für Sie.«

Keldon runzelte die Stirn. »In der Tat, es liegt kein Grund vor, sich so aufzuführen. Was würde Ihr Bruder sagen? Kommen Sie, treten Sie beiseite.« Er ging mit ausgestrecktem Arm auf sie zu.

»Rühr sie nicht an.« Ash knurrte die Worte und die Atmosphäre schwenkte um. Das Spotten und Necken machte etwas weitaus Unheilvollerem Platz.

Moreley trat auf Ash zu und kräuselte die Lippen. »Und was willst du deshalb unternehmen?« Er warf einen Seitenblick zu Keldon, als wollte er ihn zum Weitermachen drängen.

Und genau das tat Keldon. Er nahm Bianca am Ellbogen und machte Anstalten, sie fortzuführen.

Die nächsten Handlungen passierten so schnell, dass Bianca sie in Gedanken mehrere Male wiederholen musste, ehe sie dahinterkam, wie sich alles abgespielt hatte.

Obwohl er weiter von der Zielscheibe entfernt war als alle anderen, als sie geschossen hatten – er stand tatsächlich hinter dem Tisch – hob Ash den Arm und schoss auf das Ziel, wobei er genau in die Mitte der Zielscheibe traf. Dann ließ er die Waffe auf den Tisch fallen und drehte sich zu Keldon, den er am Arm packte.

Er zerrte Keldon, dem der Mund vor Verblüffung offenstand, von Bianca fort. »Ich habe dir gesagt, dass du sie nicht anfassen sollst, du Hurensohn.« Wieder platzten die Worte explosionsartig aus seinem Mund. Rasch darauf folgte das bislang stärkste Zittern. Seine Schultern zuckten und der Nacken dehnte sich, wobei der Kopf zur Seite ruckte. Das passierte dreimal in kurzer Folge. Oder vielleicht waren es auch vier Mal.

Ash öffnete den Mund und sein Gesicht färbte sich in einem Rot, dass sein Haar blass wirken ließ und dann ließ er ihn zuschnappen. Er ließ Keldon los … und ohne irgendjemanden anzusehen, marschierte er steifen Schrittes auf das Haus zu.

Alle starrten ihm nach. Bianca wollte ihm folgen, um ihn zu besänftigen und ihm zu sagen, dass nichts davon wichtig war. Und um seinen Sieg zu feiern.

Sie drehte sich zum Ziel und sprach so laut, dass alle, einschließlich Ash sie hören würden. »Er hat gewonnen.«

»Er hat geschummelt«, nörgelte Moreley.

Bianca ließ den Kopf zu ihm herumschnellen und die Wut brannte lichterloh in ihr. »Wie?«

Moreley schnaufte. »Er stand nicht an der richtigen Stelle.«

»Sie wollten ihn näher am Ziel stehen lassen! Jetzt meckern Sie über ihn, weil er bei seinem Schuss weiter weg gestanden hat?« Tief in ihrer Kehle setzte ein böses Brummen ein. »Sie sind nur wütend, weil er besser als Sie alle war.«

Thornaby rückte seinen Frack zurecht. »Unwichtig. Er hat es mit seinem Benehmen verpatzt. Ich bedauere, dass Sie das mitansehen mussten, Lady Bianca.«

»Ich bedauere, dass ich *Ihr* krankes Benehmen miterleben musste.«

Der Viscount machte große Augen und ihm klappte vor Überraschung der Mund auf. Rasch erholte er sich und formte die Lippen zu einem heiteren, aber falschen Lächeln. »Sie haben eine Gruppe alter Freunde miterlebt, die sich damit vergnügt haben, ihre Jugendzeit wieder aufleben zu lassen.«

Bianca schnaubte angewidert. »Sie sind grässlich.« Und der Gedanke, dass sie ihn hatte fragen wollen, das Fest zum zweiten Weihnachtstag auszurichten! Sie konnte sich nicht vorstellen, dass er das tun wollte, nicht mit seinem ärmlichen Verstand und dem engherzigen Benehmen. Es war unwichtig – sie würde ihn nicht fragen. Sie würde schon eine andere Lösung finden.

Sie drehte sich auf dem Absatz um und stolzierte auf das Haus zu. Einen Augenblick später lief Poppy hinter ihr her. »Warte auf mich, Bianca!«

Bianca wurde langsamer, aber sie blieb nicht stehen. Als Poppy aufgeholt hatte, sagte sie: »Ich möchte abreisen.«

»Was ist passiert? Wir konnten nicht hören, was los war.«

»Thornaby und seine Freunde haben sich Ash gegenüber schrecklich aufgeführt. Er, ähm, hat die Beherrschung
verloren – was auch angemessen war. Tatsächlich ist es ein
Wunder, dass er seine Beherrschung nicht schon viel früher
verloren hat. Mir wäre es so ergangen.« Sie dachte an seine
merkwürdigen Zuckungen und das Hüsteln und daran,
was Poppy ihr darüber erzählt hatte, wie er früher einmal
gewesen war, bevor er aufs Internat geschickt worden war.
Bianca erinnerte sich nicht daran, dass er irgendetwas
davon früher gemacht hatte.

Sie betraten das Haus und Bianca blieb nicht stehen.
Sie setzte ihren Weg zur Treppe fort.

»Es hat ganz so ausgesehen, als hättest du das getan«,
stellte Poppy fest. »Es schien, als hättest du sie zurecht-
gewiesen.«

Bianca starrte ihre Schwester an. »Und warum auch
nicht? Sie haben eine Zurechtweisung verdient. Sie waren
einfach grauenhaft zu Ash.«

»Du kannst ihn nicht weiter Ash nennen«, murmelte
Poppy.

Bianca blieb am Fuß der Treppe stehen und drehte sich
zu ihrer Schwester um. »Warum? Ich kenne ihn, seit ich
ein Kind war. Wir sind Freunde.«

Poppy sah sie mit einem überforderten Blick an. »Du
weißt warum. Es ist nicht … schicklich.«

Bianca verdrehte die Augen und fing an, die Treppe
hinaufzugehen. »Ich will nach Hause. Nachdem ich mit
Ash gesprochen habe.« Sie betonte seinen Namen mit
voller Absicht.

Als sie den oberen Treppenabsatz erreichten, berührte
Poppy sie am Arm. »Du bist immer auf der Suche nach
Aufruhr. Lass es in diesem Fall gut sein. Wenigstens für
eine Weile. Der Earl schien auf seinem Weg zurück zum
Haus aufgebracht gewesen zu sein. Und er hat diese

Pistole auf eine recht gefährliche Art und Weise abgefeuert. Ich bin mir nicht sicher, ob du ihn überhaupt sehen solltest.«

»Er wusste genau, was er tat.« Und dennoch war er ganz offensichtlich aufgebracht gewesen, sein Körper hatte gezuckt und sein Gesicht war rot angelaufen. Ruddy … ihr Herz tat ihr für ihn weh.

»Ich bin nicht sicher, ob das eine Befürwortung ist.«

Bianca würde nicht aufhören, ihn zu verteidigen. »Sein Benehmen war vollkommen ungefährlich.«

»Bianca, nimm dir einfach ein paar Minuten. *Bitte.*«

Stöhnend setzte Bianca einen finsteren Blick auf, aber sie lenkte ein. Steifen Schrittes ging sie auf ihr Zimmer zu. Sobald sie drin waren, steuerte Poppy auf das Ankleidezimmer zu und bat ihre Zofe, in Erfahrung zu bringen, wo sich Ashs Zimmer befand.

Bianca lief im Zimmer auf und ab, während sie auf Donnellys Rückkehr wartete. Sie wollte Ash wissen lassen, dass sie zu ihm stand und die Party vor dem Dinner verlassen würde, und sie hoffte, dass er das Gleiche tun würde. Sie wollte ihn auch fragen, warum die anderen ihn so miserabel behandelten. Würde er es ihr erzählen?

Sie spürte, dass es über sein Leben in London mehr zu wissen gab, was er nicht enthüllt hatte. Aber warum sollte er ihr andererseits alles erzählen? Warum sollte er ihr eigentlich überhaupt *irgendetwas* erzählen?

Weil sie Freunde waren. Oder es einmal gewesen waren. Sie rief sich seine Reaktion in Erinnerung, als Keldon sie berührt hatte. Er hatte die Pistole beinahe, ohne hinzusehen auf das Ziel abgefeuert und genau in die Mitte getroffen. Dann hatte er Keldon von ihr fortgerissen und sie hätte schwören können, dass sie Boshaftigkeit in seinem Blick erspäht hatte. Die Emotion war so kurz aufgeflackert, dass sie nicht sicher sein konnte.

Donnelly trat ein und unterbrach ihre Gedanken. »Ich bedauere, Mylady, aber seine Lordschaft ist fort.«

Bianca starrte sie an. »Von Thornhill?«

Die Zofe nickte.

Natürlich war er fort. Er war aufgebracht gewesen und das mit vollem Recht. Sie plante, ebenfalls zu gehen. »Donnelly, pack unsere Sachen. Wir reisen ab.«

Donnelly blinzelte überrascht und dann nickte sie. »Ja, Mylady.«

Poppy kam vom Ankleidezimmer herüber. »Habe ich dich sagen hören, dass wir abreisen?«

»Ja, das habe ich dir draußen gesagt.«

»Ich hatte nicht geglaubt, dass du es ernst gemeint hast.«

Bianca schürzte die Lippen. »Ich meine es immer ernst.«

»Das tust du tatsächlich«, murmelte Poppy. »Dann lass uns gehen. Ich kann nicht sagen, dass es mir leid tut, insbesondere nicht nach allem, was du mir erzählt hast. Hab ich gehört, dass Lord Buckleigh gegangen ist?«

Bianca nickte und ihr Verstand eilte ihrer Unterhaltung bereits fünf Schritte voraus.

»Es klingt, als ob er das hatte tun sollen. Alle Achtung.«

Das war es, aber jetzt musste Bianca einen Weg finden, um nach Buck Manor zu gelangen. Die gesamte Weihnachtssaison war davon abhängig.

Manchmal war es die Hölle, eine junge, unverheiratete Frau zu sein.

KAPITEL 4

*G*leich nach seiner Ankunft auf Buck Manor ließ sich Ash in ein heißes Bad sinken und trank ein Glas Brandy. Beides besänftigte ihn, obwohl seine Seele tobte. Er war ein Dummkopf gewesen, zu glauben, dass diese Menschen sich geändert hätten. Und dennoch, *er* hatte sich verändert.

Sein Handicap war in seiner Jugend weitaus schlimmer gewesen. Mit großer Anstrengung – und aufgrund dessen, dass seine Reaktionen nachzulassen schienen – hatte er seine Zuckungen und stimmlichen Unterbrechungen im Laufe des Älterwerdens gemeistert. Und zwar genau um die Zeit, als er mit dem Kämpfen angefangen hatte.

»Soll ich Euch das Haar schneiden, Mylord?«, bot Harris an.

»Ja, das sollten Sie vermutlich.« Ash zog sich einen Hausmantel über und setzte sich, damit sein Kammerdiener ans Werk gehen konnte.

Harris machte sich mit der Schere an die Arbeit, wobei er ebenso schnell und effizient vorging wie bei allen Dingen.

»Sie machen sich ausnehmend gut in Ihrer Stellung«, bemerkte Ash mit Blick in den Spiegel, der über dem Frisiertisch vor ihm hing.

»Vielen Dank, Mylord. Ich hätte mir nie vorstellen können, wie sehr ich es genieße, Kammerdiener zu sein. Ich habe als Diener nicht ganz gepasst und als Knecht habe ich definitiv nicht getaugt.«

»Haben Sie so angefangen?«, fragte Ash. »Das habe ich nicht gewusst.«

»Auf einem anderen Besitz, ja. Die Knechte waren nicht sehr einladend. Bei meinem Weggang habe ich erfahren, dass ich eine Position bekommen hatte, die sie sich für einen ihrer Brüder erhofft hatten. Ich denke, sie haben dafür gesorgt, dass ich in meiner Stellung nicht erfolgreich war. Ich bedaure das nicht, da die Dinge sich recht gut entwickelt haben.« Er lächelte, während er damit fortfuhr, hier und da Ashs Haar zu kürzen und es in Form zu bringen.

»Welcher Besitz war das?«

Harris stieß ein leises Lachen aus. »Es war tatsächlich Thornhill.«

Ash beobachte im Spiegel, wie sich seine Augen weiteten und dann sah er zu Harris hinter ihm auf. »Haben Sie während unseres Aufenthalts dort irgendeinen der Männer wiedererkannt?«

»Bei unserer Ankunft habe ich den Knecht wiedererkannt, aber er hat sich nicht so benommen, als würde er mich kennen. Ich habe ihn ganz bestimmt nicht gegrüßt.«

Das konnte Ash verstehen. Er hatte auch keinerlei Schwierigkeiten, zu glauben, dass Thornabys Personal ebenso grausam wie er selbst war. Ash freute sich noch mehr, Harris befördert zu haben. »Ich weiß, wie es sich anfühlt, ein Außenseiter zu sein«, bemerkte Ash.

»Das kann ich mir nicht vorstellen, Mylord.« Harris war mit der Schere fertig und legte sie auf dem Frisiertisch ab. Dann ging er dazu über, das abgeschnittene Haar von Ashs Hausmantel auf den Boden zu fegen.

»Es ist wahr.« Ash hatte sich als nicht dazugehörig gefühlt, bis er mit dem Boxen angefangen hatte. Niemand im seinem Boxsportkreis kannte den kleinen, verängstigten Jungen, der er in Oxford gewesen war, den Außenseiter, den man lächerlich gemacht und ausgeschlossen hatte. Sie sahen nur den wildentschlossenen, meist schweigsamen Kämpfer.

»Es ist schwer sich Euch, einen Earl, als Außenseiter vorzustellen.« Harris machte sich daran, Ashs Abendkleidung zurechtzulegen.

Wenngleich Ash das Schlimmste seines Handicaps überwunden hatte, unterschied er sich dennoch von allen anderen. Aber jetzt konnte er sich nicht mehr im Schatten verbergen. Er *war* ein Earl, aber bis zu einem gewissen Grad fühlte er sich noch immer ausgeschlossen. Weil er nicht für den Titel geboren worden war, und er noch viel zu lernen hatte.

Jetzt gab es neue Anforderungen. Er musste im House of Lords sprechen … sich am Hof und in der Gesellschaft präsentieren. Er musste auch heiraten.

Bee kam ihm in den Sinn. Ihre Ausgelassenheit, ihre Offenheit, ihre unerschütterliche Loyalität. Sie akzeptierte ihn genauso, wie er war – oder so schien es zumindest. Würde sie das immer noch tun, wenn sie wüsste, dass er belastet war?

Es war nicht von Bedeutung. Sie war überaus deutlich in ihrem Wunsch, unverheiratet zu bleiben. Darüber hinaus verabscheute sie London und da er das halbe Jahr dort verbringen müsste, wäre eine Verbindung mit ihr überaus einsam. Er hatte die meiste Zeit seines Lebens damit verbracht, sich einsam zu fühlen. Wenn er heiratete, hoffte er, dass es mit jemandem wäre, mit dem er alles teilen konnte. Zusammen würden sie eine Familie aufbauen und wenn eines ihrer Kinder sein Handicap erbte, würde er es auf eine Weise lieben und hegen, wie sein Vater es nicht getan hatte.

Ash versteifte sich, als er an ihn dachte, daran, wie entsetzt sein Vater angesichts Ashs Zuckungen und Ausbrüchen war, insbesondere, als sie sich verschlimmerten, je älter er wurde. Als der ältere Bruder seines Vaters, der Earl, vorschlug, dass Ash zusammen mit Lyndon nach Oxford gehen sollte, hatte sein Vater nicht schnell genug einwilligen können.

Dann hatte er Ashs Bitten ignoriert, nach Hause kommen zu dürfen. Nach einigen Monaten hatte Ash es aufgegeben und gewusst, dass er auf sich gestellt war. Als sein Vater einige Jahre später kurz vor Ashs Abschluss starb, hatte Ash sich erleichtert gefühlt. Doch mit seiner mangelnden Trauer für seinen Vater hatte sich ein Schuldgefühl eingestellt.

»Mylord?« Glücklicherweise unterbrach Harris seine rührseligen Gedanken.

Ash erhob sich und bereitete sich auf das Abendessen vor.

Kurze Zeit später begab er sich nach unten ins Speisezimmer, in dem, wie gewöhnlich, für zwei Personen gedeckt war. Seine Mutter traf einen Augenblick später ein.

»Du *bist* zuhause«, stellte sie fest, als sie zu ihm herüberkam.

Ash küsste ihre zarte Wange und bemerkte die Furche auf ihrer Stirn. »Ja.« Er ging zu seinem Platz am Kopfende des Tisches.

»Du wurdest nicht vor morgen zurückerwartet. Was ist

passiert?« Der Diener hielt ihr den Stuhl zu Ashs Linken, als sie Platz nahm. Dann setzte Ash sich.

Er zuckte die Schultern. »Ich habe mich gelangweilt und ich habe jede Menge zu tun, um mich hier zu beschäftigen.« Die Kontobücher des Besitzes waren ein einziges Durcheinander und da waren zahlreiche Dinge mit den Pächtern zu klären, angefangen bei den Reparaturen ihrer Häuschen, bis zu den Plänen, die Schafherden zu vergrößern.

»Es tut mir leid, zu hören, dass es nicht unterhaltsam war.« Martha Rutledge war die liebenswürdigste Person, die Ash je gekannt hatte. Ash hatte keine lebenden Geschwister – zwei ältere Schwestern waren während ihrer Jugend verstorben – also konzentrierte seine Mutter all ihre Aufmerksamkeit und Liebe auf ihn. Immer machte sie sich Gedanken um ihren Sohn, und zwar so sehr, dass Ash sich schon seit langer Zeit bemühte, ihr zu ersparen, sich Sorgen zu machen. Er hatte seine Probleme in der Schule vor ihr verheimlicht und auch seine Frustration und Enttäuschung in Hinsicht auf seinen Vater.

»Ich bin sicher, dass es schön war, alte Freunde wiederzusehen«, bemerkte sie mit einem Lächeln, als die Suppe serviert wurde.

Nein, das war es nicht, mit einer funkelnden Ausnahme. »Lady Bianca war dort. Es war herrlich, sie nach so vielen Jahren wiederzusehen.«

Die tiefbraunen Augen seiner Mutter leuchteten auf. »War sie das? Ich habe sie immer gemocht. Sie hatte so eine triste Zeit, als ihr Vater krank war. Ich traf sie regelmäßig im Ort, aber als seine Krankheit fortschritt, sah ich sie immer weniger.«

Ash war durch die Briefe seiner Mutter mit den lokalen Ereignissen auf dem Laufenden, aber er hatte ihnen zugegebenermaßen nicht viel Aufmerksamkeit gewidmet. »Der Herzog war für einige Zeit krank?«

Mutter antwortete mit einem Nicken, während sie ihre Suppe löffelte. »Meine Güte, mindestens für ein paar Jahre. Und Lady Bianca nahm die Hauptlast auf sich. Ihre Schwester ist natürlich verheiratet, aber man hätte doch glauben können, dass Chill nach Hause zur Hilfe gekommen wäre.«

»Er ist zu keinem Zeitpunkt zurückgekehrt?«

»Nein, aber du auch nicht.« Sie warf ihm einen leicht irritierten Blick zu. »Ich musste nach London kommen, um dich zu besuchen.«

»Ich war beschäftigt.« Er konzentrierte sich auf seine Suppe.

Sie seufzte. »Ich weiß und auch noch erfolgreich.«

Ja, das war er. Ehe Lyndon verschieden war, hatte Ash zwischen einer eventuellen Position in der Regierung oder dem Erwerb eines Offizierspatents geschwankt. Es waren zwei sehr unterschiedliche Karrieren, von denen er jetzt keine verfolgte.

»Vermisst du es?«, fragte sie.

»Manchmal.« Am meisten allerdings das Boxen, aber er hatte einen großen Sack umfunktioniert, den er in einem Winkel im Stall aufgehängt hatte, um auf ihn einzuschlagen. Er musste den Sack regelmäßig mit Erde und Stroh nachfüllen, damit er für seine Übungen in Form blieb, aber das Konzept funktionierte. Der Sack schlug auch nicht zurück. War es das, was er vermisste? Oder waren es die Auszeichnungen, die mit dem Sieg eines Kampfes einhergingen? »Es gibt reichlich zu tun, um mich hier zu beschäftigen«, erklärte er und hoffte, die Unterhaltung in eine andere Richtung zu lenken. »Vor allem mit der Weihnachtssaison, die fast schon vor der Tür steht. Lady Bianca hat mir erzählt, dass Chill das Fest am zweiten Weihnachtstag dieses Jahr nicht ausrichten wird.«

Mutter hatte ihren Löffel in die Suppe getaucht und jetzt ließ sie ihn als Reaktion auf seine Worte fallen. »Wie kann er das tun? Die Dorfbewohner werden so enttäuscht sein, um gar nicht von den Dienern zu reden, da bin ich sicher.«

Er hatte angenommen, dass seine Mutter vielleicht aufgebracht sein würde, aber ihre Reaktion war erheblicher, als er vorausgesehen hatte. »Es ist so bedeutend?«

Sie nickte. »Oh ja. Es ist möglicherweise der wichtigste Tag im Jahr. Es ist eine Tradition, die Generationen zurückreicht.« Tiefe Furchen gruben sich in ihr Gesicht. »Warum richtet er sie nicht aus?«

»Ich weiß es nicht, aber Lady Bianca gibt sich die größte Mühe, seine Meinung zu ändern.« Oder mit einer Alternative aufzuwarten. Hatte sie immer noch vor, Thornaby zu fragen? Nach allem, was vorhin passiert war, konnte Ash sich nicht vorstellen, dass sie das tun würde. Sie hatte ihn unerschütterlich verteidigt, sich auf seine Seite gestellt und war zu *seiner* Retterin geworden. Aber andererseits hatte er auch keine Vorstellung, was sich vielleicht zugetragen haben könnte, nachdem er gegangen war.

»Gut«, kommentierte seine Mutter. »Wir sollten ihre Fähigkeiten nicht unterschätzen.«

Das war zumindest wahr. Dennoch klang es ganz danach, als ob ihr Bruder vielleicht nicht zu erweichen wäre. Und was dann?

Ash wollte die Dorfbewohner von Hartwood oder seine Mutter nicht enttäuschen. Oder Bee.

»Ich bin sicher, dass sie eine Möglichkeit finden wird, damit es stattfinden kann.« Er würde alles tun, wozu er imstande war, um ihr zu helfen. Wenn sie das von ihm wollte. Er hatte keine Ahnung, was sie nach seinem heutigen Ausbruch über ihn dachte.

Sein Magen krampfte sich zusammen. Er musste unbedingt damit aufhören, über die Art und Weise, wie diese Männer ihn – wieder einmal – fühlen ließen, nachzudenken.

Er hatte gedacht, er hätte diese Emotionen hinter sich gelassen, und geglaubt, dass »Ruddy« gestorben wäre. Der Gedanke, dass die Leute ihn beurteilten für das, was er einmal gewesen war und nicht, wer er jetzt war, mutete unglaublich entmutigend an.

Nein, es war der Gedanke daran, dass die Leute ihn für ein Handicap beurteilten, das er nicht kontrollieren konnte, der ihn so wütend machte.

Er holte tief Luft, um seinen rasenden Puls zu beruhigen. Er würde nicht weiter an sie denken. Es bestand kein Anlass, sie je wiederzusehen. Außer Thornaby im House of Lords. Und möglicherweise alle anderen bei der Veranstaltung am zweiten Weihnachtstag, vorausgesetzt, Bee war erfolgreich.

Natürlich würde sie erfolgreich sein. Selbst wenn sie es nicht wäre, war es lachhaft zu glauben, dass er diese Leute nicht wiedersehen würde. Wie würden sie sich alle nach dem heutigen Vorfall benehmen?

Hoffentlich konnte er ihnen einfach aus dem Weg gehen. Auf dem Fest, in London, wo immer die Möglichkeit bestand, ihnen zu begegnen.

Oder er könnte sie alle bis zur Besinnungslosigkeit verprügeln. Ja, das klang nach Spaß.

Ash ergriff sein Weinglas und trank es beinahe aus. Er würde niemanden verprügeln. Er war besser als das. Er war besser als *sie.*

Warum hatten sie dann immer noch die Macht, ihn zu verletzen?

*G*uten Morgen.« Bianca schwebte in den Frühstücksraum und sah zu ihrem Bruder. Er saß am Tisch, einen Teller vor sich und die Nase in einer Zeitung vergraben.

Er blickte nicht auf. »Warum bist du zuhause?«

»Guten Morgen Bianca, wie nett dich zu sehen. Du bist früh von der Hausparty zurück. Ist etwas nicht in Ordnung?« Sie sah ihren Bruder mit einem finsteren Blick an. »Es ist nicht schwierig, höflich zu sein.«

Langsam hob er den Blick von der Zeitung und fixierte sie mit kalter Gereiztheit. »Guten Morgen, Bianca. Warum bist du so früh von der Hausparty zurück?«

Sein zweiter Versuch war von Sarkasmus unterlegt, aber sie ließ es durchgehen. »Weil es schrecklich war.« Sie ging zur Anrichte hinüber und füllte sich ihren Teller auf, ehe sie ihrem Bruder gegenüber am Tisch Platz nahm.

Sie wollte wirklich nicht in die Details gehen – die grauenvolle Art und Weise, wie Ash behandelt worden war. »Der neue Earl of Buckleigh war dort. Es war wundervoll, ihn wiederzusehen.«

Calder hatte den Blick wieder auf die Zeitung gesenkt, doch nun sah er auf und runzelte die Stirn. »Lyndons Cousin?«

»Ja. Ash«, antwortete sie und nahm eine Scheibe Toast.

Die Furche in seiner Stirn gewann an Tiefe, als er sie anblickte. »›Ash‹? Das klingt furchtbar vertraut.«

»Ich kannte ihn, als wir Kinder waren. Ich habe ihn immer Ash genannt. ›Buckleigh‹ oder ›Mylord‹ klingt einfach eigentümlich.«

»Es klingt aber auch anständig.« Sein Tonfall nahm einen Anflug von Herablassung an. »Er allerdings, ist es nicht. Ich würde es vorziehen, wenn du dich von ihm fernhältst.«

Biancas Kiefermuskeln erstarrten, als sie ihren Toast kaute. Sie nahm einen Schluck Tee, um den Bissen hinunterzuspülen. »Warum um alles in der Welt ist Ash nicht anständig?«

»Hör auf, ihn so zu nennen. Er hatte einen Ruf in gewissen Kreisen in London.«

Das Haar in ihrem Nacken richtete sich auf. »Was für einen Ruf?«

»Einen gefährlichen.« Er sah sie mit einem vielsagenden Blick an. »Er war ein Boxer. Ich habe ihn ein paarmal kämpfen sehen und er ist brutal. Ganz bestimmt ist er nicht die Art von Mann, mit dem meine Schwester Umgang pflegen sollte, einmal ganz zu schweigen davon, mit ihm vertraut zu sein.« Er schnaubte verächtlich, als er seine Aufmerksamkeit wieder seiner Zeitung und seinem Frühstück zuwandte.

Bianca starrte in Richtung des Fensters, das auf die wellige Parklandschaft des Anwesens hinausging. Ein abfallender Hügel mündete in einer Gruppe von Bäumen mit kahlem Geäst unter dem taubengrauen Himmel. Es klang kalt und bedrohlich und ganz und gar nicht nach dem Gentleman mit dem flammendroten Haar, der sie erst gestern zum Lachen gebracht hatte.

»Ich kann nicht glauben, dass das wahr ist.« Sie schüttelte den Kopf und schnitt einen Bissen ihres Schinkens ab.

»Was kannst du nicht glauben? Dass er ein Boxer ist oder ein besonders erbitterter?« Calder hob eine Schulter. »Beides stimmt. Wie ich sagte, habe ich ihn kämpfen sehen. Oder zweifelst du an mir?« Er nagelte sie mit seinem kalten Blick fest und forderte sie heraus, sich ihm in die Quere zu stellen.

»Dass du gedacht hast, er sei es gewesen, bezweifele ich

nicht, aber ich kann mir das einfach nicht vorstellen.« Stets war Ash freundlicher als die meisten anderen gewesen. Sie hatten zusammen Insekten und Tiere gerettet und sich darüber unterhalten, wie sehr sie sich wünschten, dass all die Frauen und Kinder in der Institution für verarmte Frauen in Hartwell eine warme Feuerstelle und einen vollen Bauch hätten. In dieser Hinsicht hatte Bianca immer ihr Bestes getan, um Hartwell House, wie es von allen genannt wurde, zu unterstützen. Fühlte Ash das Gleiche wie in ihrer Jugend oder hatte London ihn irgendwie korrupt gemacht?

Sie rief sich sein ausweichendes Verhalten in Erinnerung, als sie über seine Zeit dort gesprochen hatten und ihr Gefühl, dass er etwas verschwiegen hatte. Sie dachte auch daran, in welchem Tempo und wilder Entschlossenheit er die Pistole fast mühelos abgefeuert hatte. Dann war da noch die Boshaftigkeit und Wut in seinem Blick gewesen. Die Emotionen waren wohlverdient, aber war da noch mehr in ihm vergraben?

»Ob du es nun glauben willst oder nicht, es ist wahr und ich möchte nicht, dass du mit ihm verkehrst. Er ist ganz bestimmt kein Heiratskandidat – nicht für dich, jedenfalls – und genau dort sollten deine Gedanken sein. Thornaby würde eine gute Verbindung darstellen.«

Sie konnte nicht verhindern, vor Missfallen zu schnauben. »Thornaby ist ein Rüpel. Er wäre eine gute Verbindung für einen Einfaltspinsel ohne Mitgefühl oder Fähigkeit, sich um andere zu kümmern. Und außerdem sind meine Gedanken beim Fest zum zweiten Weihnachtstag und was ich unternehmen kann, wenn du darauf bestehst, das Fest nicht auszurichten.«

Calder sah sie scharf an. »Es wird kein Fest geben. Nicht hier.«

Sie starrte ihn für einen langen Moment an und

versuchte, den fürsorglichen Bruder in ihm aufzuspüren, mit dem sie aufgewachsen war. »Du meinst das ernst, oder etwa nicht?«

»Ich sage nichts, was ich nicht meine.« Er lenkte seine Aufmerksamkeit zu seiner Zeitung zurück.

»Dann sollte ich mich auf die Suche nach einer anderen Lösung machen. Ich weigere mich, die Leute von Hartwood und auf Hartwell zu enttäuschen.«

»Wenn du glaubst, ein Fest hätte die Macht, die Leute davon abzuhalten, enttäuscht zu sein, hast du noch jede Menge zu lernen. Das Leben besteht aus mehr als nur Feste, Feierlichkeiten und Traditionen.«

Zumindest wusste er, dass die Tradition ein Teil davon war. Aber es schien ihn auch nicht zu interessieren. »Ja, das Leben ist mehr als das«, antwortete sie leise. »Es besteht auch aus Familie, Verpflichtungen, Loyalität und Liebe.«

Er sah kurz zu ihr und seine Lippen pressten sich zu einem dünnen Strich zusammen. »Verpflichtungen – wir sind uns zumindest darin einig. Erwäge Thornaby oder, wenn es dir lieber ist, werde ich eine Liste mit möglichen Bewerbern vorbereiten. Du solltest bereits einige im Sinn haben, wenn du für die Saison nach London fährst.«

»Ich werde nicht für die Saison nach London fahren.« Das hatte sie ihm ein Dutzend Mal gesagt und anscheinend hörte er nie zu.

»Natürlich wirst du das.«

Mit süßer Stimme warf sie ihm seine eigenen Worte an den Kopf. »Ich sage nichts, was ich nicht auch meine. Ich werde nicht nach London fahren.«

Er hob den Blick im Schneckentempo. Seine Augen waren so kalt, so unergründlich, und sie konnte sich vorstellen, dass er damit einfach jeden einzuschüchtern vermochte. Allerdings nicht sie. »Das steht nicht zur

Debatte.« Seine Lippen bewegten sich kaum. War er in Wahrheit aus Eis gemeißelt?

»Ich würde zustimmen. Ich werde nicht fahren und das ist endgültig.« Sie hatte keinen Appetit mehr und erhob sich vom Tisch. »Ich werde allerdings zu Poppy fahren. Vielleicht ist es wärmer dort.«

»Du *wirst* nach London fahren und *das ist* endgültig.« Er lenkte den Blick auf seine Zeitung zurück. »Ich bezweifle, dass es bei Poppy wärmer ist. Sie wohnt nur sieben Meilen entfernt. Es hat den Anschein, als wollte es schneien, und das bedeutet, dass du über Nacht bleiben musst. Bereite dich entsprechend vor.« Er nahm die Zeitung in die Hand und schirmte sein Gesicht von ihr ab.

Offensichtlich war sie entlassen.

Ein Gemisch aus Frustration und Erregung trieb sie aus dem Frühstücksraum. Vielleicht würde sie Poppy fragen, ob sie bei ihr und ihrem Ehemann einziehen konnte. Es würde ihnen nichts ausmachen.

Aber das konnte sie nicht tun. Poppy und Gabriel hatten ihre eigenen Schwierigkeiten und Bianca glaubte nicht, dass sie unter diesen Spannungen leben konnte. Den Kontakt mit Calder konnte sie meistenteils umgehen. Allerdings könnte sie ihrer Schwester nicht ausweichen, und schon gar nicht, wenn diese unter solchen Herzschmerzen litt … Eigentlich war das vielleicht ein weiterer Grund, warum Bianca erwägen sollte, zumindest eine Zeitlang dort zu wohnen. Wie beispielsweise für die gesamte Weihnachtssaison …

Nun, sie würde dies mit Poppy besprechen, wenn sie sie das nächste Mal traf. Das würde allerdings nicht heute sein. Sie hatte ein anderes Ziel im Sinn.

Energiegeladen flog Bianca die Stufen hinauf, um sich »vorzubereiten«, wie Calder es ausgedrückt hatte. Sie wollte innerhalb einer Stunde auf dem Weg sein und betete, dass es nicht zu schneien anfing.

Unaufgefordert schlich sich ein teuflisches Grinsen auf ihre Lippen. Im Grunde genommen sollte sie wohl nicht so angestrengt beten.

KAPITEL 5

*D*ie Kutsche wurde vor Buck Manor langsamer. Mit seiner hohen, im palladianischen Stil gehaltenen Fassade und den weitläufigen West- und Ostflügeln, strahlte das Gebäude Würde und Ehrfurcht aus. Es war nicht so groß wie Hartwood, aber es war größer als Darlington Abbey, Poppys Zuhause.

Allein der Gedanke an ihre Schwester erinnerte Bianca daran, dass sie den Kutscher bei ihrer Abfahrt von Hartwood angelogen hatte. Sie hatte ihn die Kutsche nach den ersten beiden Meilen anhalten lassen, als die Änderung der Fahrtrichtung nötig wurde, und ihn über den Wechsel ihres Fahrtziels in Kenntnis gesetzt. Er schien anfangs zu zögern, doch das lag größtenteils in seiner Sorge begründet, dass es schneien könnte.

Sowohl er als auch Calder hatten mit ihrer Prognose recht behalten. Der Schnee, der anfangs in weichen Flocken vom Himmel rieselte, fiel nun in einem dichten Gestöber auf sie herab. Als Bianca aus der Kutsche trat, legte sie den Kopf in den Nacken und wurde prompt mit einer Schneeflocke belohnt, die auf ihrer Nase landete.

Sie lächelte und ging auf das Haus zu. Donnelly, die sie begleitete, folgte ihr.

»Mylady?«, sagte der Kutscher und veranlasste sie, innezuhalten und sich herumzudrehen. Donnelly blieb mit ihr stehen und trat dann aus Biancas Sichtfeld, damit diese den Kutscher ansehen konnte.

»Ja?«, fragte Bianca.

»Wird dies ein kurzer Besuch sein?« Er sah zum Himmel auf.

»Es wird nicht furchtbar lange werden, aber warum bringen Sie die Pferde nicht in den Stall, wo sie es wärmer haben?«

Er nickte und kehrte zu dem Gefährt zurück, während Bianca mit Donnelly weiter auf das Haus zuging. Noch ehe sie an der Tür angelangt waren, öffnete sie sich. Der Butler bat sie eilig herein.

»Willkommen auf Buck Manor«, begrüßte er sie. »Darf ich Euren Umhang nehmen?«

Bianca drehte sich um und öffnete das äußere Kleidungsstück. »Vielen Dank. Bitte lassen Sie Seine Lordschaft wissen, dass Lady Bianca hier ist, um ihn zu besuchen. Darf meine Zofe sich irgendwo aufwärmen und kann sie vielleicht eine Tasse Tee bekommen?«

Der Butler nahm ihr den Umhang ab und sie übergab ihm ihre Handschuhe und den Hut. »Natürlich, Mylady. Ich werde mich darum kümmern. Darf ich Euch in den Salon führen?«

»Das wäre entzückend. Ich hoffe, es ist dort ein Feuer angezündet.«

Er lächelte, als er ihre Sachen an einen Diener übergab. »Das ist es tatsächlich.« Er richtete den Blick auf den Diener und murmelte. »Bitte führen Sie Myladys Zofe zum Aufenthaltsraum im Untergeschoss.«

Bianca nickte Donnelly zu, ehe sie dem Butler von der

Halle in einen großen Empfangsraum folgte, der in Grün und Gold dekoriert war. Sie ging direkt auf den gewaltigen Kamin zu und wärmte ihre Hände vor den lodernden Flammen.

Würde es Ash etwas ausmachen, dass sie gekommen war? Würde er sie bitten, wieder zu gehen? Sie riskierte einen Blick zum Fenster, wobei sie feststellen konnte, dass der Schnee sogar mit noch größerer Vehemenz fiel. Konnte sie überhaupt wieder gehen, selbst wenn er das von ihr erwarten würde?

»Bee?« Ashs Stimme hallte durch den großen Salon und löste eine überraschende Hitzewelle aus, die ihr Rückgrat erfasste. Es war überraschend, weil ihr Rücken dem Feuer abgewandt war.

Und vielleicht wollte sie nicht in Erwägung ziehen, dass Ash die Ursache war.

Sie drehte sich herum und begrüßte ihn mit einem Lächeln. »Ich hoffe, es macht dir nichts aus, dass ich gekommen bin.«

»Nein, überhaupt nicht.« Er schien aufrichtig glücklich, sie zu sehen, und kam mit einem einladenden Grinsen auf sie zu. »Ich bin überrascht. Und erfreut.« Er sah sich im Raum um. »Bist nur du gekommen?«

»Ja. Ich habe Calder gesagt, dass ich Poppy besuchen würde. Er ist ein echtes Scheus–« Rasch sog sie die Luft ein und stieß sie wieder aus. »Egal. Ich habe vor, anschließend zu Poppy zu fahren. Vorausgesetzt, das Wetter ist nicht zu schlimm.« Wieder sah sie zum Fenster.

»Es sieht nicht gut aus«, entgegnete Ash. »Vielleicht sollten wir es kurz machen.«

»Das hat mein Kutscher auch vorgeschlagen. Ich kann es versuchen.« Allerdings wollte sie das gar nicht. Jetzt, da sie einmal hier war, wollte sie bleiben. Nein, wenn sie ehrlich wäre, hoffte sie, dass es schneien würde, damit sie bleiben *müsste*. Sie hatten viel zu besprechen – das Fest am zweiten Weihnachtstag an erster und wichtigster Stelle. Außerdem seinen Ruf und ob er ein brutaler, erbarmungsloser Boxer war. Sie brachte allerdings nichts davon zur Sprache. Stattdessen fragte sie: »Ist deine Mutter hier?«

»Ja. Ich habe Cornelius bereits gebeten, sie zu holen.«

»Wundervoll.« Bianca freute sich darauf, sie zu sehen. Aber zuerst sollte sie vermutlich über die gestrigen Ereignisse auf Thornhill sprechen. »Ich wollte mit dir über gestern reden.«

Er versteifte sich und die Atmosphäre zwischen ihnen veränderte sich, als ob ein Wall errichtet worden wäre. »Da gibt es nichts zu besprechen. Ich bedauere, abgereist zu sein, ohne mich von dir zu verabschieden.«

Sie winkte ab. »Das ist meine geringste Sorge. Tatsächlich mache ich mir darüber überhaupt keine Gedanken.« Das war nicht ganz richtig. Bei der Nachricht, dass er gegangen war, war sie enttäuscht gewesen. »Ich wollte dich wissen lassen, dass ich Thornabys Benehmen und das der anderen verwerflich fand. Es war mir ein Privileg, meine Stimme für dich zu erheben.«

»Vielen Dank.« Sein Tonfall war sanft, doch seine Züge waren hart. Er blickte zum Fenster anstatt zu ihr.

Bianca ging auf ihn zu, begierig, die Geheimnisse zu enthüllen, die ihn umgaben. »War es immer so mit ihnen gewesen?«

»Ja, ich habe sie allerdings für sehr lange Zeit nicht getroffen.« Er schüttelte den Kopf und endlich wandte er ihr seine Aufmerksamkeit zu. »Wie dem auch sei, ist es kaum von Belang. Ich habe nicht vor, zukünftig meine Zeit mit ihnen zu verbringen.«

»Ich auch nicht«, sagte sie mit großer Befriedigung und befürwortendem Lächeln. »Darf ich fragen, warum sie dich Ruddy nennen?«

Leider sollte sie keine Antwort bekommen, denn in diesem Moment traf seine Mutter ein. Mrs. Rutledge trat mit einem Rauschen ihrer lavendelfarbenen Röcke und einem breiten Lächeln ein. »Lady Bianca!«

Sie kam auf Bianca zu und sie umarmten sich herzlich. »Wie wundervoll, Sie zu sehen, Mrs. Rutledge. Wie ich sehe, bekommt Ihnen die Rolle als Mutter des Earls gut.«

Sie lachte. »Ashtons Mutter zu sein, ist mir immer gut bekommen.« Sie sah ihn mit Stolz und Liebe an und Bianca verspürte einen Stich des Kummers. Sie hatte keine Eltern mehr, die sie so ansahen und ihr Bruder würde ihr ganz bestimmt nicht diese Art von Fürsorge oder Zuneigung zukommen lassen.

»Kommen Sie, setzen wir uns«, schlug Mrs. Rutledge vor und zeigte zu dem Sitzbereich, in gemütlicher Nähe zum Feuer. Sie sah nach draußen und erschauderte. »Was für ein furchtbarer Tag dort draußen.«

»Bei meiner Abfahrt hat es nicht geschneit«, entgegnete Bianca und ließ sich auf dem dunkelgrünen Sofa nieder. »Ich war auf dem Weg zu meiner Schwester, aber ich wage zu sagen, dass ich wohl hier gestrandet bin.«

Mrs. Rutledge nahm in einem angrenzenden Sessel Platz. »Oh, ich glaube, das sind Sie wirklich. Der Schnee fängt an, sich aufzutürmen.«

Ash setzte sich neben Bianca. Nun, nicht *neben* sie, denn es blieb ein Zwischenraum von gut zwei Handbreit zwischen ihnen.

»Ich liebe den Schnee«, stellte Bianca mit einem Seufzen fest. »Ich werde wohl nach draußen gehen und darin umherschlendern müssen, wenn er dick genug liegt.«

»Nehmen Sie Ashton mit. Er hat den Schnee immer angebetet. Hattest du ihn in London vermisst, mein Lieber?«

»Es hat auch in London geschneit«, entgegnete er.

»Vielleicht nicht so viel wie hier, aber es hat ausgereicht, um mein Bedürfnis zu befriedigen.«

Irgendetwas an diesen drei Worten löste eine weitere Hitzewelle aus, die an Biancas Rückgrat emporzüngelte.

Der Butler, Cornelius, traf mit einem Tablett ein. Er stellte einen Teller mit Kuchen und Gebäck neben einer Kanne Tee und drei Tassen auf den Tisch. Mrs. Rutledge erklärte, dass sie das Einschenken übernehmen würde, und sie erinnerte sich genau, wie Bianca ihren Tee am liebsten trank. Genauso wie Ash – nur ein Schuss Sahne und eine Prise Zucker.

Als der Butler sich zurückgezogen hatte, fragte Ashs Mutter. »Was hat Sie veranlasst, heute auf Buck Manor Halt zu machen?«

Ash antwortete, ehe Bianca zu Wort kam. »Sie ist gekommen, um über das Fest am zweiten Weihnachtstag zu sprechen.«

Bianca sah ihn prüfend an. Er hatte eilfertig geantwortet und einen Grund genannt, den sie nicht einmal zur Sprache gebracht hatte. Sollte seine Mutter nichts von gestern erfahren? Noch mehr Geheimnisse. Und das stimmte sie nur noch entschlossener, diese zu enträtseln. *Ihn* zu enträtseln.

In Wahrheit war sie gekommen, um über das Fest zu sprechen, also waren Ash und sie in dieser Hinsicht einer Meinung. »Ja, ich hatte gehofft, dass Sie und Ash vielleicht einige Gedanken in Bezug auf das Fest haben könnten. Hat Ash Ihnen erzählt, dass mein Bruder sich weigert, es auszurichten?«

Mrs. Rutledge nickte düster, ehe sie an ihrem Tee nippte. »Das hat er und es tut mir leid, das zu hören. Ist es unmöglich, ihn umzustimmen?«

»Ich fürchte, er erweist sich als überaus widerspenstig.« Bianca, die ihre Teetasse nahm, zog eine Grimasse. »Ich habe beschlossen eine alternative Lösung zu finden. Das Fest nicht zu veranstalten ist einfach keine Lösung. Ich werde die Leute von Hartwell und Hartwood nicht im Stich lassen.«

»Sie haben solch ein gütiges und großzügiges Herz«, stellte Mrs. Rutledge fest. »Aber andererseits habe ich das schon immer gewusst.« Sie sah zu ihrem Sohn. »Hast du gewusst, dass Lady Bianca unermüdlich im Hartwell House arbeitet, um dafür zu sorgen, dass die Bewohner ordentliche Bekleidung, Verpflegung und Arbeitsmöglichkeiten haben? Sie lehrt die Kinder sogar das Lesen.«

»Wenn ich kann«, schränkte Bianca ein und fühlte sich – vielleicht zum ersten Mal überhaupt – ein bisschen verlegen. Sie lenkte sich mit dem Verzehr eines Gebäckstücks ab.

»Das überrascht mich nicht«, erklärte Ash mit leiser Bewunderung. »Wir hatten immer Pläne geschmiedet, um alle dort zu retten und dafür zu sorgen, dass sie Arbeit, ein Zuhause und Familien bekämen.«

Er begegnete ihrem Blick und die Hitze, die sie an ihrem Rückgrat gefühlt hatte, breitete sich nun überall in ihr aus. »Das haben wir wirklich.« Nach einem Augenblick wandte sie den Blick von ihm ab und richtete ihn auf seine Mutter. »Deshalb ist es so wichtig, alles dafür zu tun, dass ein Fest zum zweiten Weihnachtstag stattfindet. Wenigstens muss es eine Feier für die Frauen und Kinder von Hartwell House geben. Weihnachten sollte für alle eine fröhliche Zeit sein und für alle sollte es reichlich geben.«

»Ich frage mich …« Mrs. Rutledge legte den Kopf schief und blickte ins Feuer. »Ich weiß, dass Shield`s End nicht besonders groß ist, aber ein Großteil der Festlichkeiten hat immer im Freien stattgefunden, wenn das Wetter es zuließ. Wir könnten das Haus und die Küche als Aufbewahrungsort für die Speisen und Vorräte benutzen.«

Bianca klatsche in die Hände. Ashs Zuhause aus seinen Kindertagen zu benutzen, war eine ausgezeichnete Lösung. »Was für eine wundervolle Idee!«

»Siehst du, es gibt einen Grund, warum wir es nicht verkauft haben«, bemerkte Ash lächelnd.

Seine Mutter schmunzelte. »Ich wollte ja, aber du hast gesagt, dass wir warten sollten. Es ist ein Verdienst deiner Voraussicht. Wie du dies allerdings hast ahnen können, bin ich mir nicht sicher.«

»Das habe ich nicht. Ich habe einfach nur gezögert, es aufzugeben.« Seine Wangen färbten sich in einem schwachen Rosa, als er an seinem Tee nippte.

Bianca verstand das Gefühl. Es war etwas sehr Besonderes an den Traditionen und Wurzeln und Dingen – sowohl konkreten wie nicht konkreten – die das Leben eines Menschen speziell und liebenswert machten. »Ebenso, wie ich mich weigere, das Fest am zweiten Weihnachtstag untergehen zu lassen.«

»Ganz genau«, pflichtete Mrs. Rutledge ihm bei. »Also werden wir es auf Shield's End ausrichten.« Mit einem verschmitzten Lächeln rieb sie sich die Hände. »Ich kann es kaum erwarten, loszulegen. Es wird so viel zu tun sein im nächsten Monat!«

Der Enthusiasmus der Frau war ansteckend, wobei es allerdings nicht so war, dass Bianca irgendeine Motivation gebraucht hätte, um über diesen Plan begeistert zu sein. »Ich werde an alle Leute schreiben, die normalerweise Speisen und Getränke für das Fest bereitstellen.« Sie dachte an Thornaby und seine Freunde. Sie zu bitten stand außer Frage. Und Calder war unmissverständlich gewesen: Er würde nicht das Geringste unternehmen. »Jetzt, wo ich darüber nachdenke bin ich gar nicht sicher, wen ich fragen soll.« Sie sah zu Ash, der beinahe unmerklich nickte.

»Ich werde das übernehmen«, erklärte er.

»Das ganze Essen und die Getränke?«, fragte seine Mutter in ernster Überraschung. »Das ist eine enormes Unterfangen. Es gibt jede Menge Leute in der Gegend, die helfen können – und sollten.«

Ash erhob sich abrupt und trat an das Fenster. »Ich glaube nicht, dass du irgendwohin fahren wirst, Bee. Der Schnee türmt sich auf und deine Kutsche wird feststecken, ehe sie meine Auffahrt verlassen hat.«

Schade. Innerlich schlug Bianca Purzelbäume. »Ich habe meine Zofe hier und war darauf vorbereitet, bei Poppy zu übernachten, also ist es keine Unannehmlichkeit, hierzubleiben. Ich hoffe, es macht keine Umstände.«

Er drehte sich um und begegnete ihrem Blick. »Ganz und gar nicht. Ich werde Cornelius bitten, ein Zimmer für dich richten zu lassen. Das Dinner ist um sieben. Wenn ihr mich jetzt entschuldigen möchtet. Ich habe noch einige Korrespondenz zu beenden.« Er verbeugte sich in ihre Richtung und dann ging er aus dem Zimmer.

Bianca wurde klar, dass er alles nur Erdenkliche getan hatte, um einem Gespräch über die Aussicht zu entgehen, andere um Hilfe für das Fest zu bitten. Ganz offensichtlich hatte er vermeiden wollen, dass seine Mutter von der Feindschaft zwischen ihm und den anderen Gentlemen aus der Gegend erfuhr.

Gentlemen? Sie waren keine Gentlemen. Sie waren Flegel.

»In Bezug auf die Frage, wen Sie um Hilfe bitten sollten«, sinnierte Mrs. Rutledge, nachdem sie an ihrem Kuchen geknabbert hatte. »Ich erinnere mich, dass Viscount Thornaby immer zum Fest beigetragen hat, wie auch Keldon. Ich bin sicher, dass es andere gibt. Unabhängig davon, was Ashton sagt, es ist nicht richtig, dass er sich die gesamte Bürde auferlegt.«

Bianca pflichtete ihr bei, aber sie respektierte auch

seinen Wunsch, niemanden um Hilfe zu bitten. Sein Stolz war wichtig. Außerdem war sie nicht sicher, ob diese Rüpel behilflich wären, wenn Ash im Mittelpunkt der ganzen Angelegenheit stünde. Wären sie dazu aber vielleicht bereit, wenn sie selbst ein Hilfsgesuch an sie richtete?

Es war belanglos. Sie wollte sie nicht fragen. Sie würde zu Calder zurückkehren und ihn anflehen, zumindest Speisen und Ale beizusteuern. Er konnte einfach nicht nein sagen.

Das konnte er doch und wahrscheinlich würde er genau das tun. Sie blickte stirnrunzelnd auf ihre Teetasse, ehe sie einen Schluck der inzwischen lauwarmen Flüssigkeit trank.

»Ich würde sehr gern bei der Korrespondenz behilflich sein«, bot Mrs. Rutledge an.

»Ich werde mit meiner Schwester anfangen«, antwortete Bianca schnell. In der Vergangenheit hatten die Bewohner und ein Teil des Hauspersonals von Hartwood und Darlington Abbey den Großteil der Arbeit übernommen. Andere Anwesen in der Gegend, wie Buck Manor und Thornhill hatten ebenfalls geholfen. Sie würden es einfach ohne Thornaby und seine Freunde schaffen müssen. Sie schenkte Ashs Mutter ein strahlendes Lächeln. »Sie sollten sich auf die Vorbereitungen auf Shield's End konzentrieren.«

Mrs. Rutledge nickte. »Ich bin sicher, dass wir genügend Leute finden können, die gern helfen wollen. Es tut mir so leid, dass Ihr Bruder nicht bereit ist, das Fest auszurichten. Ich muss gestehen, ich bin überrascht, wenn man bedenkt, dass diese Veranstaltung für Ihre Familie immer so wichtig war.«

»Niemand war überraschter als ich.« Bianca fragte sich, ob sie je erfahren würde, was im Kopf ihres Bruders vor sich ging. Dies würde wohl niemals der Fall sein, fürchtete sie. Sie hatte auch Angst, dass er ihnen verloren war, und der Calder, den sie einst gekannt und geliebt hatten, für immer gegangen war. Wenn sie nur wüsste, warum, dann gäbe es vielleicht eine Möglichkeit, ihn zurückzubringen.

Cornelius trat in den Salon und blickte Bianca an. »Wenn Ihr bereit seid, Mylady würde ich Euch sehr gern Euer Zimmer zeigen.«

Bianca erhob sich. »Vielen Dank, ja.«

Mrs. Rutledge stand ebenfalls auf. Noch einmal schloss sie Bianca kurz in die Arme. Dann hielt sie sie an den Händen und sagte. »Ich bin so erfreut, dass Sie gekommen sind. Ich wage zu sagen, dass es nicht ganz schicklich ist, aber ich bin hier, um als Anstandsdame zu fungieren.« Sie wackelte mit den Augenbrauen. »Muss ich als Anstandsdame auf dem Posten sein? Ich weiß nicht, ob mein Sohn sich bereits nach einer Komtess umschaut, aber ich kann mir keine Bessere vorstellen.«

Oh, du meine Güte. Bianca war nicht im Entferntesten an einer Heirat interessiert. Nicht mit Ash. Mit niemandem.

Und dennoch stachelte der Gedanke, Ashs Komtess zu sein, eine faszinierende Erregung an …

Bianca drückte Mrs. Rutledge noch einmal die Hände, ehe sie sie losließ. »Ash und ich sind alte Freunde. Wir brauchen keine Anstandsdame, abgesehen davon, dass die Schicklichkeit eine verlangt.« Bianca verdrehte die Augen. »Nicht, dass dies hier draußen von Belang wäre.« Dies war noch ein weiterer Grund, warum sie kein Interesse an der Londoner Saison hatte. Die Gesellschaft und ihre lächerlichen Regeln. Sie würde sich so eingeschränkt fühlen, so *gefangen*.

»Hoffentlich wird sich Ihre Schwester keine Sorgen machen, wenn Sie nicht eintreffen«, bemerkte Mrs. Rutledge.

»Sie wird kombinieren, dass das Wetter schuld daran ist. Mit etwas Glück wird es bald oder zumindest in der Nacht zu schneien aufhören, damit ich morgen reisen kann.«

Oder nicht. Bianca konnte sich nichts Besseres vorstellen, als den Tag mit Ash im Schnee zu verbringen. Sie würde ihn mit Schneebällen eindecken und sie könnten einen Ausritt machen und dabei ein Wettrennen veranstalten, das sie erneut gewinnen würde.

Allerdings könnte sie ihn dieses Mal vielleicht gewinnen lassen. Jedoch hegte sie den Verdacht, dass er sie beim letzten Mal hatte gewinnen lassen. Ihr Puls beschleunigte sich bei dieser Aussicht. So oder so wäre es eine wundervolle Art und Weise, den Tag zu verbringen.

Lieber Gott, vielleicht würden sie letzten Endes doch eine Anstandsdame brauchen.

KAPITEL 6

*A*sh brachte es beim Dinner fertig, die Unterhaltung klar an den Themen bezüglich des Fests am zweiten Weihnachtstag vorbeizusteuern. Stattdessen konzentrierte sich ihr Tischgespräch auf Geschichten aus ihrer Kindheit. Er rechnete Bianca ihre Unterstützung bei seinen Bemühungen an, das Fest nicht zur Sprache zu bringen – und insbesondere die Frage danach, andere Leute um Hilfe zu bitten. Sie verstand ihn, wie ihn nie zuvor jemand verstanden hatte.

Es war, mit einem Wort, faszinierend.

Der Schneefall hielt bis zum Abend an, doch als sie beim Dinner saßen, ließ er endlich nach. Jetzt war es beinahe Mitternacht und das Haus war dunkel und still. Mit der Absicht, sich hinaus ins Freie zu schleichen, stahl Ash sich die Treppe hinab, um zu sehen, ob es wieder zu schneien angefangen hatte oder ob der Himmel aufgeklart war.

Mit einer Laterne in der Hand durchquerte er die Halle zum hinteren Teil des Hauses zur Terrasse.

Ein bläuliches Aufblitzen aus der Bibliothek veranlasste

ihn, stehenzubleiben. Ein Kandelaber, der auf einem Tisch im Zimmer stand, warf sein Licht auf Bianca. Sie stand in der Nähe des flackernden Kerzenscheins und hatte ihren Kopf über ein Buch gebeugt, das sie in ihren Händen hielt.

Ash stand einfach da und betrachtete sie für einen Augenblick. Ihr dunkles Haar hing in einem losen Zopf über ihre Schulter und die Spitzen kräuselten sich an der Rundung ihrer Brust. Unter dem Ägyptischblau ihres Morgenrocks lockte ihr Körper ihn – der elegante Schwung ihrer Schulter, die sanfte Vertiefung ihrer Taille, die verführerische Rundung ihrer Hüften. Guter Gott, seit wann fühlte er sich derart zu ihr hingezogen?

Sie hob den Blick von dem Buch, in dem sie las und wahrscheinlich hatte sie seine Anwesenheit gespürt, denn sie drehte sich zu ihm um. Lächelnd klappte sie das Buch zu. »Ash.«

Er trat in die Bibliothek, als ob er wie von einem Magnet angezogen würde. »Ich hatte nicht erwartet, dich hier zu finden.«

»Was hattest du denn zu finden erwartet?«

»Nichts, eigentlich. Ich war auf meinem Weg nach draußen, um zu sehen, ob es wieder angefangen hat zu schneien oder ob es wirklich aufgehört hat.«

Rasch legte sie das Buch auf den Tisch und kam auf ihn zu, bis sie mit eifrigem Blick vor ihm stand. »Ich begleite dich.«

Er bot ihr seinen Arm und als ihre warme Hand sich darum schloss, wurde ihm schmerzlich bewusst, dass sie beide kaum bekleidet waren – sie trug einen Morgenrock und er einen Hausmantel über seinem Hemd und einer Hose. Das war gänzlich unangemessen und es interessierte ihn nicht die Bohne.

Das war Bee. Sie kannten einander eine Ewigkeit, wie es schien. Sie waren Freunde seit der Kindheit. Und dennoch war da noch etwas anderes. Er fragte sich, ob sie es auch fühlte.

Er führte sie nach draußen auf die Terrasse, wo der Schnee vielleicht zehn Zentimeter hoch lag. Sie traten kaum hinaus und blieben auf deutlichem Abstand zum Schnee stehen.

Den Blick in den tintenschwarzen Himmel erhoben, bemerkte sie: »Es *schneit*.«

Dann nahm sie die weiße Terrasse in Augenschein, hob den Saum ihres Nachtgewands und watete in den Schnee hinaus. »Ooh, es ist kalt und nass.« Nachlässig zuckte sie mit der Schulter, ehe sie den Kopf in den Nacken legte.

Zarte, weiche Flocken landeten auf ihrem emporge-reckten Gesicht. Er hob die Laterne, um ihren anmutigen Wangenbogen zu bewundern und das helle, blendende Funkeln ihrer blauen Augen. Noch nie hatte er etwas Schö-neres gesehen. Er ging auf sie zu und strich ihr eine Schneeflocke von der Wange.

Sie drehte den Kopf zurück und als sie ihn ansah, hatten sich ihre Lippen vor Wonne leicht geöffnet. Er führte seinen Finger an seinen Mund und leckte die Schneeflocke von der Kuppe.

Ihr Blick fixierte sich auf seinen Mund und das Verlan-gen, das den ganzen Tag in ihm gebrodelt hatte, schwoll zu einem Crescendo an, das seinen Schaft versteifte und ihm den Atem raubte.

»Wir haben immer versucht, die Schneeflocken zu fangen.« Sie legte den Kopf zurück und schloss die Augen und dann streckte sie die Zunge heraus.

Was einst wunderschön war, wirkte jetzt obendrein noch unbeschreiblich erotisch. Ash sagte sich, er sollte besser ins Haus zurückkehren, und ihr sagen, ebenfalls wieder auf ihr Zimmer zu gehen. Aber er tat nichts davon. Er starrte auf ihren Mund und stellte sich ihre Zunge vor, wie sie unaussprechliche Dinge tat. Er dachte daran, sie unter dem schneebeladenen Himmel zu küssen.

Auch das tat er nicht.

Sie fing eine Schneeflocke mit der Zunge auf und zog sie dann wieder zwischen ihre Lippen zurück. Ihre Augen öffneten sich und es war, als ob er direkt in ihre Seele blicken könnte – es war ein helles Leuchtfeuer, das sich nun in seine Erinnerung gebrannt hatte. Er fragte sich, ob sie in seiner Dunkelheit in Oxford ein Licht für ihn hätte sein können. Er würde es nie erfahren.

Ein leises, glückseliges Lachen entschlüpfte ihrem Mund. »Es ist zu schade, dass es dunkel ist, sonst würde ich dich mit Schneebällen bombardieren.«

»Nicht, wenn ich dich zuerst bombardieren würde.«

Sie sah ihn frech an. »Ist das eine Herausforderung?«

»Das könnte es sein, aber dafür wären Stiefel und angemessene Bekleidung für draußen erforderlich – und Tageslicht.«

Sie seufzte bedauernd auf. »Und ein heißes Bad, wenn wir fertig sind.«

Verdammt, jetzt stellte er sie sich nackt in einem Bad vor, während der Dampf vom Wasser aufstieg. Beinahe hätte er vor Lust aufgestöhnt. Wieder fragte er sich, wie seine Freundin aus Kindertagen plötzlich zum Objekt seiner heftigsten Begierde geworden war.

Ash hustete und gab sich Mühe, den Schauder zu unterdrücken, der seinen Hals zu verbiegen und seine Schultern zu verdrehen drohte. »Wenn du vorschlägst, dass wir eine Schneeballschlacht veranstalten und dann ein heißes Bad nehmen, muss ich dich daran erinnern, dass man im Sinne der Schicklichkeit darüber gewiss die Stirn runzeln würde.«

»Ich meinte nicht zusammen.« Ihre Wangen färbten sich in einem zarten Rosa, aber er konnte nicht sagen, ob das an ihrem Flirt oder den kalten Temperaturen lag. »Aber vergiss nicht, dass die Schicklichkeit meine geringste Sorge ist.« Sie wirbelte mit weit ausgestreckten Armen im Schnee herum. Die Flocken verfingen sich in ihrem dunklen Haar und ließen sie wie eine Eisprinzessin wirken.

»Warst du wirklich auf dem Weg zu deiner Schwester?«, fragte er.

Sie blieb stehen und ließ die Arme sinken. »Ja, aber ich wusste, dass ich möglicherweise wegen des Wetters hier stranden würde.«

»Und du bist bloß gekommen, um dich mit mir über … gestern zu unterhalten.« Er wollte das Thema im Grunde nicht wirklich zur Sprache bringen, aber andererseits konnte er sich offensichtlich auch nicht zurückhalten. Er wollte wissen, warum sie *wirklich* hier war.

Er wollte erfahren, ob es da etwas gab, das zwischen ihnen aufkeimte. Nein, er wusste, dass es für ihn so war. Er musste erfahren, ob diese Empfindung auch für sie gegenwärtig war.

»Nicht nur deshalb, nein.« Ihre Worte ließen seinen Puls schneller schlagen. »Wie ich sagte, war Calder unerträglich, also war ich erpicht darauf, irgendwo anders als auf Hartwood zu sein. Ich habe mich auch mit dir über das Fest am zweiten Weihnachtstag unterhalten wollen und ich bin so froh, dass wir das gelöst haben.«

Größtenteils. Noch immer wollte er Thornaby oder irgendjemand der anderen nicht einbeziehen.

Sie trat auf ihn zu, bis kaum noch ein Zwischenraum zwischen ihnen war. »Ich weiß, dass du keine Hilfe von Thornaby oder Keldon oder irgendwem der anderen möchtest. Das will ich auch nicht. Ich habe auch bemerkt, dass deine Mutter nicht wissen soll, dass du sie nicht beteiligen willst.«

Sie war unglaublich aufmerksam. Und umsichtig.

Plötzlich wurde ihm die schreckliche Bürde bewusst, die schwer auf seiner Brust lastete, seit er sich erinnern konnte. Er nahm die Präsenz dieses Drucks in diesem Moment wahr, weil er leichter wurde und er sich … befreit fühlte. Ein sanftes Zucken lief ihm über die Schulter.

Der Schnee haftete nun an ihren Brauen und ein Schauder rüttelte ihren Körper.

»Lass uns hineingehen.« Er legte ihr einen Arm um die Taille und führte sie zurück ins Haus.

Sie schüttelte sich und ließ den Schnee von ihrem Morgenrock und aus ihrem Haar rieseln. »Ich habe nicht bemerkt, wie kalt es ist. Du hast mich abgelenkt.« Sie begegnete seinem Blick und zog die Augenbrauen hoch. »Du hast außerdem das Thema gewechselt. Wieder einmal.«

Er lachte leise. »Nur, weil ich nicht will, dass du erfrierst. Du musst diesen nassen Morgenrock ausziehen.« Er legte ihr eine Hand auf die Lenden. Der seidene Morgenrock war feucht und er zog die Hand fort. Nicht, weil er nicht nass werden wollte, sondern weil er den kalten Stoff nicht an ihre Haut pressen wollte.

»Du kannst mich anfassen.« Mit ihren Worten und dem leidenschaftlichen Ausdruck in ihren Augen legte sich ein neuartiges Gewicht auf ihn. Eines, das mit seiner Hitze und Intensität willkommen war.

Er legte seine Hand leicht auf sie und führte sie auf die Treppe zu. »Ich möchte nicht, dass du dich erkältest.«

»Sobald ich oben bin, werde ich mich ausziehen. Wird das genügen?« Sie sah ihn mit einem hitzigen Blick an und er war nicht sicher, ob es neckisch oder ernst gemeint war. War das von Belang? Beim Gedanken, wie sie ihr Nachthemd auszog, brannte sein Körper noch heißer …

Sie begannen, die Treppe hinaufzusteigen. »Bee, flirtest du etwa mit mir?«

»Wahrscheinlich.« Ihre Stimme hatte einen tieferen Klang angenommen, den er in seinen Knochen spüren konnte. »Es ist nur …« Sie waren noch nicht ganz oben angekommen, doch sie blieb stehen und drehte sich zu ihm um. »Gestern war ich so wütend. Ich wollte, dass du das weißt.« Forschend betrachtete sie sein Gesicht, die Lippen leicht geöffnet und ihre Brust hob und senkte sich unter ihren Atemzügen.

Er ahnte, dass noch mehr kommen würde. »Was wolltest du mich außerdem wissen lassen?«

»Ehrlich gesagt geht es darum, was *ich* gern wissen würde. Du hattest behauptet, dass London eine lange Geschichte sei und dann hast du Ausflüchte gemacht – tu nicht so, als ob du das nicht getan hättest.« Ihr Tonfall war erzürnt, jedoch schwang ein liebevoller Unterton mit. »Mein Bruder hat mir erzählt, dass du ein Boxer warst.« Sie blinzelte. »Stimmt das?«

Gleichzeitig mit einer Welle der Erregung konnte er seinen Herzschlag bis in seine Kehle hinauf spüren. Es entstand ein Gemisch aus Aufregung und Beklemmung, wenn etwas derart Wohlgehütetes aufgedeckt wurde. »Ja.«

Vor Überraschung weiteten sich ihre Augen ein wenig und sie öffnete die Lippen, als sie ihn einen Augenblick lang anstarrte. Ihre Reaktion war beunruhigend.

»Macht es dir etwas aus?«

»Ich weiß nicht, ob dem so ist«, gab sie zu und klang dabei angespannt. »Du seist gefährlich, behauptete mein Bruder, und ich solle mich von dir fernhalten.«

»Er weiß nicht, dass du hier bist, nehme ich an?« Sie schüttelte den Kopf und er konnte ein kleines Schmunzeln nicht unterdrücken. »Du legst wirklich keinen Wert auf Schicklichkeit, oder doch?«

Wieder schüttelte sie den Kopf. Dann ergriff sie seine Hand. »Ich hatte nicht geglaubt, dass du gefährlich sein könntest – nicht der Ash, den ich kenne. Aber dann hast du die Pistole abgefeuert und du sahst so –«

»Wütend aus.« Das Wort umschrieb nicht im Entferntesten die Emotion, die er empfunden hatte. Die Rage, der Schmerz. Es waren Gefühle, die er längst begraben geglaubt hatte. Er packte ihre Hand fester. »Ich bin nicht gefährlich. Nicht für dich.«

Er war sich zu sehr bewusst, dass sie auf der Treppe standen, wenngleich er nicht damit rechnete, dass noch irgendjemand auf war. Er drückte ihre Hand und führte sie zum Treppenabsatz hinauf. Ohne ein Wort lenkte er sie nach links zu seinen Privaträumen. Ein paar Augenblicke später geleitete er sie in sein vorderes Wohnzimmer, wo ein schwaches Feuer brannte.

Er stellte sie vor das Feuer und sagte: »Bleib hier stehen und rühr dich nicht.«

Sie zog die Augenbrauen hoch zur Stirn hinauf, es funkelte jedoch Humor in ihrem Blick. Sie nickte stumm und rückte noch etwas näher an die Feuerstelle.

Zufrieden, dass sie sich nicht erkälten würde, schlenderte Ash zur Anrichte, wo er zwei Gläser Brandy einschenkte. Er kehrte zu ihr zurück und bot ihr das Glas an. »Das wird dich von innen wärmen.«

Schmutzige Fantasien von anderen Möglichkeiten, wie er sie von innen wärmen könnte, kamen ihm in den Sinn. Warum hatte er sie überhaupt hierher gebracht?

Damit er sich erklären konnte.

Er nippte an seinem Brandy und sie tat das Gleiche.

Sie schwenkte die bernsteinfarbene Flüssigkeit im Glas umher. »Französischer Brandy?«

»Lyndon hatte einen beachtlichen Vorrat davon. Geschmuggelt, da bin ich sicher.« Er trank einen weiteren Schluck, um seine Nerven zu beruhigen und den Nacken nicht zu verdrehen. »Ich habe noch nie mit jemandem über meine Beweggründe gesprochen, warum ich gekämpft habe.«

Sie drehte sich vor dem Feuer um und blickte ihn an. »Gekämpft, wie in der Vergangenheitsform? Du kämpfst nicht mehr?«

Kopfschüttelnd drehte er sich zu ihr um. »Nicht seit Lyndon gestorben ist. Es war offensichtlich, dass ich besser damit aufhören sollte, wenn ich der Earl würde.«

»Vermisst du es?«

»Beinahe jeden Tag.« Ein schwaches, von seinem Bedauern heraufbeschworenes Lächeln brach aus seinem Inneren hervor. »Nicht so sehr wie zuvor – das Leben als Earl nimmt mich ziemlich in Anspruch. Davor hatte ich meine Arbeit und das Kämpfen.«

»Sonst nichts?«

»Nein. Ich brauchte beide Dinge zum Überwinden meines … Handicaps.«

Der Zwischenraum zwischen ihren Brauen zog sich zusammen. Sie trat einen Schritt auf ihn zu. »Was für ein Handicap?«

»Sicher hast du es bemerkt. Die Art, wie ich zucke, das Vokalisieren?«

Sie nickte. »Meine Schwester hatte es erwähnt – sie erinnert sich, dass du das getan hast, ehe du aufs Internat gegangen bist, aber ich erinnere mich nicht daran.«

»Du warst sehr jung, nicht einmal zehn, glaube ich.«

»Ja, aber du bist immer zu Besuch gekommen und obwohl ich dich nicht sehr oft gesehen habe, erinnere ich mich immer noch nicht, dass du solche Dinge getan hast.« Sie runzelte die Stirn. »Wodurch wird es ausgelöst?«

»Ich weiß es nicht. Ich bin immer so gewesen. Als ich älter wurde, ist es störender geworden.« Die Zuckungen konnten beinahe konstant sein und das Vokalisieren, einschließlich der Worte und Ausdrücke, die er niemals freiwillig laut aussprechen würde, konnte jeden Moment auftreten. »In der Schule war es grauenhaft.«

»Thornaby und die anderen haben dich deshalb aufgezogen«, bemerkte sie ausdruckslos.

»Lyndon war der Schlimmste von ihnen. Als wir in unserer Kinderzeit zusammen unterrichtet wurden, hat er oft über meine Anstrengungen gespöttelt – die Symptome haben sich immer gezeigt, wenn ich nervös oder angespannt war.« Er lenkte den Blick von ihr fort zum Feuer. »Oder ängstlich.« Seiner Schwäche durch das Kämpfen Herr zu werden, hatte nach Oxford als sein wichtigstes Ziel gegolten. Dies gegenüber einer anderen Person laut zuzugeben, war seiner Vermutung nach ein weiterer Sieg.

»Haben sie dich deshalb Ruddy genannt?«, fragte sie.

»Es war, weil mein Gesicht rot anlief, und zwar sowohl vor Verlegenheit als auch meiner Anstrengung, mich zu kontrollieren.«

»Du scheinst dich jetzt unter Kontrolle zu haben.«

»Größtenteils.« Sein Kopf zuckte leicht zur Seite, als ein kleines Lächeln über seine Lippen huschte. »Genau so. Es scheint unbewusst, aber ich kann es nicht kontrollieren.«

Sie hob die Hand und legte die Finger an seinen Kiefer. »Wie fühlt sich das an?« Die Frage war leise und sorgenvoll, aber sie drückte auch ein aufrichtiges Bedürfnis danach aus, es zu verstehen.

»Ich weiß nicht, wie ich das erklären kann. Als ich jünger war, schien es, als ob ich außer mir stünde und zusah, wie es jemand anderem passierte. Jetzt ist es einfach, wer ich bin. Zusammen mit meinem roten Haar – das ein weiterer Grund für meinen Spitznamen Ruddy ist. Und ich heiße Rutledge.«

Sie schob ihre Hand hinter sein Ohr und fuhr mit den Fingern durch seinen dichten Schopf. »Ich habe dein Haar immer bewundert. Ich habe es mir für mich gewünscht. Es ist so lebhaft und voller Feuer und Energie.«

Die Erwartungsfreude in seinem Inneren nahm weiter zu. »Wie du.« Die Worte purzelten aus seinem Mund und er würde sie auch nicht aufgehalten haben. Wenn er die Kontrolle verlieren würde, was sie anbelangte, war er sich nicht sicher, ob er sich zügeln wollte.

Aber er sollte.

»Ja«, flüsterte sie. »Dein Haar ist genauso, wie ich mich innerlich fühle – es ist nicht gerecht, dass es zu dir gehört.«

Er grinste und war restlos von dieser Frau bezaubert. Und ja, sie war viel zu sehr eine Frau und nicht das Mädchen aus seiner Jugend. »Bee – Bianca – ich werde dich küssen, es sei denn, du verlangst von mir, es zu unterlassen.«

Sie blickte zu ihm auf und ließ dann die Hand von seinem Haar sinken. Sie drehte den Kopf und stellte ihr Glas auf dem Kaminsims ab, ehe sie ihn wieder ansah. Ihre Lippen teilten sich nicht und ihr Blick war von Erwartung erfüllt. Einladend.

Ash stellte seinen nicht ausgetrunkenen Brandy neben ihrem ab. Er legte die Hände an ihre Wangen und trat dichter an sie heran, bis ihre Oberkörper sich berührten. »Letzte Chance«, murmelte er, kurz bevor er ihre Lippen flüchtig streifte.

Ihre Handflächen pressten sich flach auf seine Brust und ihre Hitze drang durch den feucht gewordenen Stoff seines Hausmantels. Er fasste dies als Ermunterung auf und legte den Mund auf ihren. Zunächst zögerlich rührte sie sich unter ihm. Er ging langsam vor, um ihr sowohl Zeit zu geben, sich zu gewöhnen, als auch entscheiden zu können, falls sie aufhören wollte.

Dann krümmten sich ihre Finger um den Seidenstoff seines Hausmantels und sie beugte sich zu ihm. Von wegen langsam vorgehen. Dennoch behielt er die Kontrolle. Er legte den Kopf schief, was dieses Mal mit voller Absicht geschah und öffnete die Lippen auf ihren. Zärtlich fuhr er mit seiner Zunge über ihre Unterlippe.

»Öffne dich«, flüsterte er an ihren Lippen.

Sie machte den Mund auf und er drängte mit seiner Zunge hinein. Wieder klammerte sie sich mit den Fingern an ihn und dieses Mal pressten sich ihre Fingerspitzen durch den Stoff in seine Haut. Ihre Zunge rührte sich an seiner, ihr Mund erblühte unter seinem und das Konzert zwischen ihnen nahm seinen Lauf.

Die Melodie erhob seine Seele und er legte eine Hand um ihren Nacken, während er mit der anderen an ihrem Rücken entlangstrich und sie auf ihren Lendenbereich drückte. Er zog sich einzig mit der Absicht von ihrem Mund zurück, um in einem neuen Winkel von vorn zu beginnen und jeden Teil von ihr kennenzulernen. Sie kam ihm eifrig, beinahe begierig, entgegen und umklammerte seinen Nacken, während sie ihren Körper an seinen drängte.

Er schob seine Hand noch tiefer zu ihrem Hintern und zog sie fest an seine Erektion. Ein leises Stöhnen grummelte in seiner Brust und er zog sich zurück.

Was tue ich hier?

Das war Bee. Kein beliebiges Londoner Flittchen. Er trat zurück und hob entsetzt eine Hand an den Mund. »Es tut mir so leid.«

Sie starrte ihn an und noch nie hatte er sich in seinem Leben furchtbarer gefühlt.

Dann knotete sie die Schärpe um ihre Taille auf und ließ ihren Morgenrock zu Boden fallen. Unter dem Kleidungsstück trug sie nur ein dünnes Nachthemd, durch das er jede Rundung und Wölbung ihres Körpers erspähen konnte.

Sein Mund wurde vollkommen trocken und er musste sich einfach darüber klarwerden, ob er sich all das nur einbildete. »Was tust du?«

»Ich ermuntere dich, nicht aufzuhören. Funktioniert es?«

Moment, sie wollte nicht, dass er aufhörte?

Er blinzelte sie an und versuchte zu verstehen, was hier geschah – zwischen ihnen und in ihm selbst. Noch nie hatte er etwas derart heftig ersehnt, wie er sich nach Bianca sehnte.

Mit einem ärgerlichen Seufzen zog sie ihr Hemd über den Kopf und schleuderte ihre Pantoffeln von den Füßen. »Wie ist es jetzt? Bitte sag mir, dass das ausreicht, um dich zu verlocken, weil ich nichts mehr ausziehen kann. Ich könnte es vermutlich mit Verführung versuchen, aber ich habe nicht die leiseste Ahnung, was zu tun ist –«

Er würde nie erfahren, ob sie noch etwas hatte sagen wollen, denn er zog sie an seine Brust und küsste sie leidenschaftlich. Erst einige Minuten später hielt er inne, um nach Atem zu schöpfen. Er sah ihr tief in die Augen. »Ich bin verführt.«

KAPITEL 7

Helle Freude mischte sich mit Aufregung und Erwartungsfreude, als Bianca seinen Nacken umklammert hielt. Das glich ganz und gar nicht der Vorstellung, die sie gehabt hatte, als sie den Entschluss fasste, hierher zu kommen und dennoch konnte sie nicht behaupten, überrascht zu sein. Es fühlte sich – für sie zumindest – wie die unausweichliche Folge ihrer Bekannt- schaft an. Als ob ihre Kinderzeit ein Vorbote hierzu gewesen war, der ihnen eine gemeinsame Vergangenheit gewährte, die sie aneinander binden würde, wie nichts anderes. Vielleicht war es aber auch einfach das Gefühl, zu einer willenlosen Masse zu zerschmelzen, als er sie küsste. Nicht *nur* als er sie küsste. Es war die Art, wie er sie ansah. Seine Art, mit ihr zu sprechen. Die Art, wie er wert- schätzte, wer sie war und wie sie ihr Leben lebte. Niemand sonst gab ihr das Gefühl, so … richtig zu sein.

»Zeig mir, was zu tun ist«, flüsterte sie.

Seine warmen, braunen Augen fingen ihren Blick ein. »Bist du sicher?«

Sie nickte. »Noch nie war ich mir einer Sache so sicher.«

Mit einem Anflug von Humor zog er eine rotbraune Augenbraue hoch. »Du bist immer eine Frau mit Überzeugungen gewesen.« Er hob sie hoch und trug sie durch eine Tür.

In sein Schlafzimmer. Der Raum war groß und das Himmelbett stand auf einem exponierten Platz – einem höher gelegenen Podest an der Wand gegenüber dem Kamin. Schwere, mit Goldborte eingefasste, dunkelblaue Vorhänge hingen um das Bett und die Bettwäsche war sogar noch opulenter – üppiges Tiefblau und Gold waren auf der Überdecke ineinander verwoben.

»Es ist für meinen Geschmack ein bisschen pompös«, bemerkte er, als er sie absetzte. Es gibt da allerdings andere Dinge, für die ich mein Geld lieber ausgebe. Wie beispielsweise ein Fest zum zweiten Weihnachtstag auszurichten.«

Sie erhob sich auf die Knie und legte ihm die Arme um den Nacken. »Oh Ash. Du bist so überaus wundervoll.«

Noch einmal trafen sich ihre Lippen und sie gab sich seinem Kuss hin. Nein, sie ergab sich nicht, denn dafür war sie eine gleichwertige Anführerin. Tatsächlich hatte es den Anschein, als ob sie noch mehr unternehmen könnte, um ihre Sache voranzutreiben.

Sie schob die Hände in seinen auseinanderklaffenden Hausmantel und streifte den Stoff von seinen Schultern. Es gab eine Schärpe, fiel ihr ein, aber er war bereits dabei, sie aufzuknüpfen und das Kleidungsstück glitt zu Boden.

Ihr Blick senkte sich auf sein Hemd und die Hose und sie runzelte leicht die Stirn. »Du trägst weitaus mehr Kleidung als ich.«

»Eine ungewöhnliche Situation, da Frauen normalerweise weitaus mehr Kleidung tragen als Männer. Wie dem auch sei, können wir diese Situation sehr leicht berichtigen.«

»Ja, bitte.« Sie tastete nach dem Saum seines Hemdes, das aus seiner Hose herausschaute und zog ihm das Kleidungsstück über den Kopf. Er leistete ihr Hilfestellung und schleuderte es beiseite, sobald er imstande dazu war.

Im Feuerschein betrachtete sie seine bloße Brust. »Hier sind deine Sommersprossen.« Ein paar versprengte hellbraune Flecken zierten seinen Oberkörper. »Ich hatte Angst, dass sie verschwunden sind.«

»Ich war froh, als dem so war.«

»Ich habe sie vermisst.« Sie ließ die Finger über seine Haut wandern und schwelgte in seiner Wärme und Festigkeit. Dann senkte sie den Kopf und küsste die größte Sommersprosse, die sie finden konnte.

»*Bee.*«

»Du hast noch immer deine Hose an.«

Sie schloss die Augen und zog eine Spur aus Küssen über sein Sternum und die Kehle. Er warf den Kopf in den Nacken, als sie fühlte, wie er sich am Schritt seiner Hose zu schaffen machte, um ihn zu öffnen. Einen Augenblick später war das Hindernis aus dem Weg oder zumindest klang es ganz danach.

Auf der Suche nach seinem Hosenbund strich Bianca mit den Händen an seinem Oberkörper entlang und ergötzte sich an den festen Wellen seiner Rippen und Bauchmuskeln. Kein weiteres Kleidungsstück war nun mehr im Weg, das ihr den Zugriff versperrte. Dort war allerdings sein Schaft.

Ihre Hand hielt inne und sie zog sich ein wenig zurück, als sie den Blick auf sein Geschlecht richtete. Noch nie hatte sie einen Mann auf diese Weise in Natur gesehen. Oh, sie hatte Zeichnungen gesehen – versteckt auf dem unteren Regalbord der Bibliothek auf Hartwood – aber nichts war hiermit vergleichbar. Mit Ash.

»Möchtest du aufhören?«, fragte er. Die Worte waren so überaus liebevoll, wie eine verbale Zärtlichkeit.

Sie hob den Blick zu ihm und schüttelte den Kopf. »Nein.«

»Ich werde meine Fragerei womöglich fortsetzen, für den Fall, dass du deine Meinung änderst.«

»Das werde ich nicht.« Sie konnte sich nicht vorstellen, jetzt aufzuhören. Sie wollte dies – sie wollte *ihn*. »Aber dass du es akzeptieren würdest, ist wundervoll.«

»Natürlich würde ich das. Ich möchte nicht, dass du dies bedauerst.«

»Das könnte ich nicht. Jetzt erzähle mir, wie ich dich verführe.«

Er lachte leise. »Wie ich schon sagte, bin ich bereits verführt. Du andererseits erforderst meiner Aufmerksamkeit.« Er hob seine Hand an ihre Brust und legte sie darunter, um sie leicht anzuheben.

Die Empfindung war natürlich, aber unglaublich dekadent. Nie hatte sie sich vorgestellt, eine solche Begierde erleben zu können. Es fing an der Stelle an, wo er sie berührte und breitete sich dann aus, toste durch ihren Bauch und sammelte sich zwischen ihren Beinen. Bei seinem ersten Kuss hatte sich dort ein Funken entzündet und jetzt schürte er die Flamme und entfachte ein Feuer in ihrem Inneren, das flehentlich brennen wollte.

Seine Hand schloss sich um sie und noch einmal eroberte er ihre Lippen. Sie erwiderte seinen Kuss, doch ihre ganze Konzentration galt seinen Liebkosungen ihrer Brust. Er streichelte sie sanft und fuhr mit dem Finger über ihre Brustwarze. Es war sowohl zu viel als auch nicht genug.

Sie presste sich an ihn und bot ihm alles dar, was er

möglicherweise beanspruchen konnte. Er ließ von ihrem
Mund ab und mit seinen Lippen brannte er eine Spur in
ihre Haut, die sich von ihrem Hals über ihr Schlüsselbein
erstreckte. Er schob ihre Brust ein Stück höher und hielt
sie mit seinem Mund umfangen. Und dann saugte er.

Das Gefühl zwischen ihren Beinen wurde intensiver.
Sie fühlte sich wie eine schamlose Dirne, die dort unbedingt von ihm berührt werden wollte, um die Qual zu
lindern, die in ihr wuchs. Auf der verzweifelten Suche, um
ihr Bedürfnis zu befriedigen, krampfte sie die Beine
zusammen.

Mit seiner freien Hand strich er über ihren Bauch und
weiter zu ihrer Taille, wo er seinen Weg zu ihrer Hüfte fort-
setzte. Seine Berührung war weich und subtil, aber sie war
sich jeder kleinsten Berührung seiner Finger und dem
Streifen seiner Handfläche bewusst. Er schlang seine Hand
um ihren Rücken und streichelte über die Rundung ihres
Hinterns.

Ein Pochen setzte im Fleisch zwischen ihren Beinen
ein. »Berühre mich.«

Er dirigierte seine Hand über ihre Hüfte zurück und
schob sie, nach innen strebend, an ihrem Oberschenkel
hinab. »Hier?«, murmelte er, kurz bevor er ihr Geschlecht
streichelte.

Oh ja, aber viel, viel mehr. »Du neckst mich.«

Er hob den Kopf und bedachte sie mit einem anzüglichen Lächeln. »Das ist ein Teil des Liebesspiels. Das
Necken, die Vorfreude.« Er fuhr mit den Fingerspitzen
über ihre Haut, und diese zarte Liebkosung war dazu
gedacht, sie zu quälen, dessen war sie sich sicher.

»Wenn du versuchst, meine Wahrnehmung zu schär-
fen, sollte ich dir sagen, dass ich alles auf eine Weise wahr-
nehme, wie noch nie zuvor. Wenn du mich nicht berührst,
könnte ich, glaube ich, sterben.«

»Das würden wir nicht wollen.« Sein Daumen ertastete den Ansatz ihres Geschlechts und übte Druck aus. »Ich glaube, dies ist genau die Stelle, an der du von mir berührt werden willst.«

Sie schnappte nach Luft, als die Lichter vor ihren Augen zu tanzen begannen. Jede einzelne Empfindung schien sich zu bündeln und sich genau an dieser Stelle anzuspannen. »*Ja.*«

»Und wenn ich damit weitermache, wird dein Verlangen noch zunehmen.« Er streichelte mit seinem Daumen und Zeigefinger über ihren Punkt hinweg und tat genau, was er gesagt hatte. »Wenn ich schneller werde, wird sich die Lust in dir aufbauen, bis du nicht mehr in der Lage bist, es einen weiteren Augenblick auszuhalten.«

All das, was er da beschrieb, entsprach der Wahrheit. Ihre Beine fühlten sich schwach an und sie fing an zu zerbersten. Er ließ sie mit dem Rücken auf das Bett sinken, bis sie vor ihm lag. Sie wollte ihn beobachten, dies mit ihm teilen, aber als ihr Köper zu beben begann, schlossen sich ihre Augen.

»Jetzt komm für mich, Bee.« Er bewegte seine Finger schneller und dann ließ er sie in sie hineingleiten. Sie *konnte keinen* weiteren Augenblick mehr an sich halten. Jeder einzelne ihrer Muskeln war fest angespannt, als ihr Körper sich für den Sturm sammelte. Sie war nicht sicher, war er tat, sondern war sich nur des Vergnügens bewusst, das auf sie niederprasselte. Es war eine Flut aus Blitz und Donner, die sich plötzlich in einem blendenden und tosenden Crescendo Bahn brach.

»Schhh«, flüsterte er an ihrem Ohr.

Vage wurde sie sich seines Körpers an ihrem bewusst, seiner Hand, die ihr Geschlecht streichelte, und sie nach dem Sturm besänftigte. Sie schlug die Augen auf und sah ihn an. Sein Gesicht war straff, der Kiefer angespannt.

»Das war fantastisch.« Sie schmiegte sich an ihn und spürte, wie sein Schaft über ihren Oberschenkel streifte. Sie fühlte sich töricht. Er hatte nicht teilgehabt. »Es war aber auch nicht gerecht. Was ist mit dir?«

Er küsste ihre Schläfe. »Es ging um dich.«

Sie schüttelte den Kopf. »Ich möchte, dass du das Gleiche erlebst wie ich.« Sie rollte sich auf die Seite. »Darf ich?«

Vorsichtig berührte sie seinen Schaft. Er war weich und glatt und unbeschreiblich hart. »Zeig es mir.«

Er legte seine Hand auf ihre und krümmte ihre Finger um sein Fleisch. Dann dirigierte er sie zum Ansatz. »Auf und ab«, krächzte er. »Am Anfang ganz langsam.«

Am Anfang. Sie tat, wie er es beschrieben hatte und packte ihn sanft, als sie die Hand an seinem Schaft auf und ab bewegte. »So, wie du es mit mir gemacht hast?« Bei seinem Nicken fuhr sie fort und legte ein mäßiges Tempo vor. »Dann schneller, auch wieder genauso, wie du es mit mir gemacht hast?« Sie legte an Geschwindigkeit zu.

Er rollte sich auf den Rücken. »Meine Güte. Ja.«

»Wann wirst du ihn in mich schieben?« Wieder begann ihr Geschlecht zu pulsieren. War das normal? Sie wollte die gleiche Erlösung finden, die er ihr schon einmal beschert hatte.

Er schloss die Augen und sein Gesicht war eine einzige Maske, die sein Verlangen widerspiegelte. »Nachdem wir verheiratet sind.«

Sie hielt ihre Hand still und er schlug die Augen auf. Dann drehte er den Kopf, um sich auf sie zu konzentrieren und seine Pupillen weiteten sich.

Verheiratet? Hatte sie ihn richtig verstanden? »Aber wir werden nicht heiraten.«

Er blinzelte und dann warf er einen Blick nach unten, wo sie ihn noch immer berührte. »Ich denke, wir müssen.«

Sie löste ihre Hand von ihm und rückte ein Stück von ihm ab. »Warum?«

»Ich sollte annehmen, dass das offensichtlich ist.«

Aufgrund dessen, was sie getan hatten. Und ja, dies war der normale Gang der Dinge, vermutete sie. »Ich glaube eigentlich nicht, dass es offensichtlich ist. Ich denke, die meisten würden das erwarten, aber ich bin nicht wie die meisten Menschen. Im Gegenteil, ich habe keinen Wunsch zu heiraten.«

Die Farbe stieg ihm ins Gesicht und er zuckte zweimal in kurzer Folge. »Verdammt.« Das Wort schoss aus ihm heraus und das darauffolgende Stirnrunzeln bewog sie zu der Annahme, dass er das nicht hatte sagen wollen.

Sein »Handicap« trat zutage. Und das war ihr Fehler. »Es tut mir leid. Ich wollte dich nicht verärgern. Es ist nur … Ich genieße, was heute Abend zwischen uns geschieht und ich würde fortfahren. Aber ich verstehe, wenn du das lieber nicht willst.«

Er drehte den Kopf und sein Nacken spannte sich an – und dann folgte noch ein Zucken. »Meine Ehre wird es mir nicht gestatten.«

Sie hatte behauptet, es zu verstehen – und das tat sie – allerdings bedeutete das nicht, dass sie nicht enttäuscht war. Sie schlüpfte aus dem Bett. »Ich werde gehen.«

Er setzte sich auf. »Bee.«

»Es ist schon gut.« Sie brachte ein Lächeln zustande. »Vielen Dank. Für das, was du mir gegeben hast. Ich werden den heutigen Abend immer in Ehren halten.« Als sie sich plötzlich den Tränen nahe fühlte, stürmte sie aus seinem Schlafzimmer zurück in das Wohnzimmer, wo sie sich geschwind anzog. Vor allem der Morgenrock war noch immer feucht und sie begann zu zittern, als sie sich daranmachte, ihre Füße in die klammen Pantoffeln zu schieben.

Schnell, ehe er herauskommt und mitbekommt, dass du aufgebracht bist!

Bianca hastete eilig aus dem Wohnzimmer und durchquerte den oberen Korridor zu ihrem eigenen Zimmer. Sie bewegte sich rasch und betete, dass niemand sie sah – insbesondere Ashs Mutter nicht.

Endlich kam sie bei ihrem Zimmer an. Nachdem sie eingetreten war, ging sie auf direktem Wege zum Feuer, das recht abgebrannt war.

»Mylady?« Donellys schläfrige Stimme drang aus dem Ankleidezimmer und einen Augenblick später erschien sie in der Tür, während sie sich mit der Hand über die Augen wischte. »Es tut mir leid. Ich bin eingenickt.«

»Es ist gut.« Bianca zog es in diesem Moment sowieso vor, allein zu sein.

»Ich werde nur das Feuer schüren«, antwortete Donnelly, die sich bereits der Aufgabe widmete.

Ein größeres Feuer und die Wärme, die es spenden würde, wäre nicht unwillkommen. Bianca fühlte sich noch immer kühl. Und sie war keineswegs sicher, ob dies gänzlich ihrer Bekleidung zuzuschreiben war.

Sie ging an Donnelly vorbei und auf das Ankleidezimmer zu. »Ich muss mich umziehen.« Einen Augenblick später trug sie ein frisches Nachthemd. Sie eilte zurück zur Feuerstelle und kuschelte sich in den davorstehenden Sessel.

Donnelly nahm eine Decke vom Bett und legte sie um Bianca. Die Wärme besänftigte sie allmählich – zumindest von außen. Innerlich fühlte sie sich immer noch kalt.

»Kann ich Euch noch etwas bringen?«, fragte Donnelly.

Bianca bemühte sich, sie anzulächeln, doch ihr Versuch schlug fehl. »Nein, vielen Dank. Gehen Sie wieder zu Bett. Ich bin hinausgegangen, um den Schnee zu betrachten, und ich brauche bloß ein paar Minuten, um warm zu werden.«

Donnelly nickte. »Natürlich, Mylady.« Dann drehte sie sich um und zog sich in das Ankleidezimmer zurück, wo ihre Pritsche stand.

Nach und nach durchdrang die Wärme Biancas Körper, aber es war nicht die Art von Wärme, die Ash in ihr entfacht hatte. Sie versuchte, die Ursache für die Kälte auszumachen, dieses hohle Gefühl in ihrem Inneren, ein Gefühl, das unvergossene Tränen tief hinten in ihrer Kehle zurückhielt.

Sie dachte, wie großzügig und zuvorkommend Ash den ganzen Abend gewesen war, und wie sie seine Schwäche zum Vorschein gebracht hatte. Der Schmerz, den sie innerlich verspürte, nahm an Stärke zu. Sie verabscheute, dass sie seinen Aufruhr ausgelöst hatte.

Was für ein Wirrwarr. Sie überlegte, zu seinem Zimmer zurückzukehren, um sich zu entschuldigen, doch dann kam sie zu dem Schluss, dass das Thema daraufhin nur noch weiter zwischen ihnen schwären würde. Einen Moment. Vielleicht würde es ihre Freundschaft gefährden und zerstören. Das hatte sie nicht überlegt. Abgesehen davon, diesen herrlichen Augenblick zu genießen, zu dem es zwischen ihnen gekommen war, hatte sie überhaupt nichts erwogen.

Und könnte dieser Moment sich fortsetzen, wenn sie zu ihm zurückkehrte? Wollte sie das?

Ja.

Mit einem Stöhnen schlug sie den Kopf an das Polster ihres hochlehnigen Sessels. Sie war eine Dirne, das war ganz offensichtlich. Sie wollte Ash, ihren ältesten und liebsten Freund, aber sie wollte ihn nicht heiraten. Es ging nicht um ihn, es ging darum, sich jemandem auszuliefern, der ihr Leben kontrollieren würde. Mit Calder und

seinem miserablem Benehmen zu leben, war schlimm
genug.

Dann war da noch die Tatsachte, dass Ash ein Earl war
und er einen Teil des Jahres in London verbringen musste.
Sie würde die Abwesenheit von ihrem Zuhause verab-
scheuen. Andererseits hatte Ash es ganz offensichtlich
geliebt – und es hatte ihn zum Besseren verändert. Jedenfalls behauptete er das. Könnte sie lernen, London ebenfalls zu mögen?

Verwundert schlug sie die Augen auf und setzte sich in
ihrem Sessel gerade. Zog sie seinen Antrag in Erwägung?

Sie lehnte ihn nicht gänzlich ab. Das konnte sie nicht.
Nicht, wenn sie daran dachte, welche Art von Gefühle er
in ihr weckte. Für eine Weile hatte sie die Kontrolle
verloren und für jemanden, der gern alles selbst bewältigte,
war dies ein überraschend berauschendes Gefühl. Weil sie
wusste, dass sie Ash vertrauen konnte.

Darüber hinaus würde sie nie erfahren, was als
Nächstes passierte, wenn sie ihn nicht heiratete. Sie war
nicht sicher, ob sie ein Leben mit dieser Art von Frustration fristen wollte.

Nachdem sie für wer weiß wie lange in die Flammen
gestarrt hatte, erhob Bianca sich aus dem Sessel und tappte
zum Bett hinüber. Unter der Bettdecke vergraben schloss
sie die Augen und versuchte, nachzuvollziehen, wie rasch
und drastisch sich ihr Leben zu verändern schien. Und all
das nur, weil sie Ash wiedergefunden hatte.

Der Junge, der sie gerettet hatte. Und vielleicht der
Einzige, der das je tun würde.

∾

*A*m folgenden Morgen kam Ash mit voller Absicht später zum Frühstück als sonst. Abgesehen davon, dass er die halbe Nacht von Gedanken gequält wachgelegen hatte, die um Bianca und die Zukunft gekreist waren, die er sich jetzt so sehnlich wünschte und offensichtlich nicht haben konnte, war er nicht gerade erpicht darauf, sie und seine Mutter zu sehen.

Mit dieser Hoffnung betrat er also das Frühstückszimmer, nur um beim Anblick der beiden am Tisch sitzenden Frauen brüsk innezuhalten. Er tat einen tiefen Atemzug und zählte bis drei, doch trotz allem überkam ihn dennoch ein Schaudern, das ihm den Hals in Richtung seiner Schulter verbog.

Die beiden Frauen schwangen die Köpfe zu ihm herum – die eine mit einem angespannten, erwartungsvollen Ausdruck und die andere mit einem Lächeln. Seine Mutter ergriff das Wort. »Guten Morgen! Ich habe mich gefragt, ob du vielleicht krank geworden bist. Du bist doch gestern Nacht nicht in den Schnee hinausgegangen, oder etwa doch? Ich weiß, wie sehr du es liebst, wenn es schneit, und ganz besonders den ersten Schnee im Jahr.«

»Das habe ich tatsächlich getan.« Sein Blick verfing sich mit Biancas, jedoch nur für einen Moment, ehe er sich abrupt umdrehte, um sich einen Teller von der Anrichte zu nehmen. Ein Zucken machte sich bohrend in seinem Körper bemerkbar und er rollte die Schultern.

Der Diener stand an der Anrichte und ein leicht verwirrter Ausdruck zeichnete sich auf seinem Gesicht ab. Normalerweise würde er für Ash den Teller auffüllen und am Tisch servieren. Heute schüttelte Ash allerdings den Kopf und der Diener zog sich zurück.

Nachdem er sich den Teller selbst aufgefüllt hatte, nahm Ash Platz. Er sah auf das Essen und fragte sich, warum er so viel davon genommen hatte. Er war nicht sicher, ob er überhaupt etwas essen konnte. Nicht, wenn ihm seine sehnlichst Begehrte gegenübersaß.

»Leider hat es zu schneien aufgehört«, fuhr seine Mutter fort. »Aber das bedeutet, das Lady Bianca heute zum Haus ihrer Schwester weiterreisen kann.«

»Wir werden sehen«, entgegnete Ash, der sein Messer nahm, um Marmelade auf seinen Toast zu streichen. Mit seiner ganzen Willenskraft beschwor er seinen Körper, sich zu benehmen, aber sein Kopf ruckte zur Seite. »Der Schnee scheint nicht zu schmelzen und wenn die Temperaturen nicht schnell genug ansteigen, wird sie nicht abfahren können. Jedenfalls nicht in einer Kutsche. Ich nehme an, dass sie zu ihrer Schwester reiten könnte.«

»Es ist gewiss zu kalt für solch einen Ritt«, erklärte seine Mutter. Sie drehte den Kopf zu Bianca. »Sie werden wahrscheinlich eine weitere Nacht bleiben müssen.«

»Das würde mich nicht stören«, antwortete Bianca.

Verdammt. Noch eine Nacht unter dem gleichen Dach mit ihr? Die vergangene Nacht war schon quälend genug gewesen.

Ash konnte sie nicht ansehen. Stattdessen konzentrierte er sich darauf, seinen Toast zu verspeisen, der wie Sand in seinem Mund krümelte und auch so schmeckte.

Seine Mutter schob ihren Stuhl zurück. »Wenn ihr mich entschuldigen wollt. Ich werde mich in mein Wohnzimmer zurückziehen und an den Plänen für das Fest zum zweiten Weihnachtstag arbeiten. Es sind so viele Listen zu erstellen.« Sie sah die beiden mit einem strahlenden Lächeln an. »Ich freue mich sehr darauf, zu helfen.«

Ash war froh, sie so glücklich zu sehen. Er wusste, dass es schwer für sie gewesen war, ihr Zuhause in Hartwell aufzugeben, aber sie hatte darauf bestanden, hierher zu kommen und ihn zu unterstützen, während er sich in seiner Rolle als Earl zurechtfand. Dieses Vorhaben würde ihr ermöglichen, Zeit in Hartwell zu verbringen und dafür Sorge zu tragen, Shield's End für einen guten Zweck zu nutzen. »Ich wage zu sagen, dass letztendlich alle davon profitieren werden, dass der Herzog darauf verzichtet, das Fest auszurichten. Ich kann mir niemand Besseren vorstellen, die Verantwortung zu übernehmen.« Er lächelte sie an und zwang sich, einen weiteren Bissen von seinem Toast zu nehmen.

»Nicht mich«, gab seine Mutter zurück. »Lady Bianca wird die Angelegenheiten leiten. »Ich rechne mich mit Freuden dem Fußvolk zu.« Sie machte Anstalten, sich zu erheben und Ash stand auf. Beim Kauen und Schlucken dieses Bissens hatte er sogar noch mehr Schwierigkeiten. Es machte ihm auch große Mühe, Biancas Blick auszuweichen.

Vielleicht sollte er das Zimmer ebenfalls verlassen. »Brauchst du Hilfe, Mutter?«, fragte er.

Sie bedeutete ihm mit einem Winken, sich wieder zu setzen. »Nein. Beende dein Frühstück. Ich sehe dich später.« Mit einem letzten fröhlichen Nicken, das an sie beide gerichtet war, drehte sie sich herum und ging hinaus.

Ash gab den Toast auf und widmete sich seinen Rühreiern. Sie schmeckten wie … nichts. Zumindest konnte er sie ohne große Mühe schlucken.

Bianca stahl sich einen heimlichen Blick auf den Diener. Nach dem vierten Mal war es offensichtlich, dass sie darauf hoffte, dass er gehen würde.

Ash wandte sich an den Bediensteten. »Würden Sie bitte gehen, um mit dem Stallmeister zu sprechen und ihn zu fragen, ob er glaubt, dass Lady Bianca heute abreisen kann?«

»Ja, Mylord.« Der Diener machte auf dem Absatz kehrt und verließ das Zimmer.

»Besser?« Ash blickte sie nur kurz an, ehe er einen weiteren Bissen seiner geschmacklosen Eier verspeiste.

»Ich bedauere, dass ich nicht abreisen kann«, platzte Bianca heraus.

»Wir werden sehen, ob das stimmt.«

»Bitte sei nicht wütend auf mich.«

Jetzt fixierte er sie mit einem direkten Blick. »Das bin ich nicht.«

»Nun, ich bin es.«

Er legte den Kopf schief – absichtlich – und blinzelte. »Du bist wütend auf mich?«

Vor Entsetzen riss sie die Augen auf. »Nein, ich bin wütend auf *mich*. Gestern Abend habe ich ganz und gar nicht die Absicht gehabt, dir … Unbehagen zu bereiten. Ich fühle mich schrecklich.«

»Das musst du nicht. Es war nicht dein Fehler.«

Ein Ausdruck des Zweifels zeichnete sich auf ihrem Gesicht ab und sie zog kurz die Augenbrauen hoch. »Ich bin nicht sicher, ob ich dir zustimme, aber ich werde nicht mit dir streiten.«

»Ich bin derjenige, der sich entschuldigen muss«, sagte er. »Ich hätte nie zulassen dürfen, dass sich die Dinge so entwickeln.«

»Es war überhaupt nicht dein Fehler. Ich bin die Schuldige. Ich bin diejenige, die ihre Kleidung auszog und dich zu verführen versuchte. Dann habe ich dich berührt, an deinem –«

»*Bee*. Mir wäre es lieber, wenn du nicht darüber sprechen würdest.« Ihr heißes Rendezvous in Gedanken noch einmal zu durchleben war schlimm genug, aber sie zu hören, wie sie es beschrieb, war eine Tortur, die zu ertragen er nicht gewappnet war. Ein Zittern zog sich an seinem Hals entlang und bis in seinen Arm.

Wieder einmal herrschte Schweigen. Ash ließ von den

Eiern ab und wandte sich den Bücklingen zu. Nach einem Bissen beschloss er, dass er genug hatte. Er sah sie an, während sie aus dem Fenster blickte, und betrachtete ihr Gesicht im Profil. Der sanfte Schwung ihrer Nase und der kräftige Vorsprung ihres Kinns waren so charakteristisch. Er könnte sie auf fünfzig Schritte aus einem ganzen Feld voller Frauen heraus erkennen. Und der Rest würde im Vergleich zu ihr verblassen.

Sie erhob sich abrupt und Ash sprang auf. »Ich denke, es ist Zeit für unsere Schneeballschlacht.«

»Ich bin nicht sicher, ob das eine gute Idee ist.«

Sie lachte ausgelassen. »Komm schon.« Unter ihrem gestrengen, neckenden Blick war er unfähig, ihrer Verlockung zu widerstehen. »Ich denke, du wirst dich besser fühlen, wenn du mich mit einem Schneeball bewerfen kannst. Oder mit zehn.«

Er würde sich besser fühlen, wenn er sie heiraten könnte. Wenn er vor der Welt behaupten könnte, dass sie zu ihm gehörte – und dass er sie über alle Maßen liebte.

Er liebte sie?

Natürlich. Das hatte der leere Schmerz in seiner Brust zu bedeuten – der Verlust von etwas, wovon er gerade erkannt hatte, es mehr als alles andere zu wollen. Eine Komtess wäre nötig, aber Bianca war absolut lebensnotwendig. Er konnte sich niemand anderen vorstellen, der sein Leben oder sein Bett teilen sollte.

Plötzlich klang die Idee, Schneebälle zu werfen – vielleicht nicht auf sie – absolut perfekt.

KAPITEL 8

*B*ianca war trotz ihrer hohen Stiefel, des warmen Umhangs und der besonders dicken Handschuhe ordentlich durchnässt. Sie vermutete, dass dies eine logische Folge beim Schneemann bauen und Schneeballwerfen war. Dennoch würde sie nicht tauschen wollen. Ash in Lachen ausbrechen zu sehen, war jeden Preis wert. Diejenige zu sein, die dieses Lachen hervorgerufen hatte, war ein Geschenk.

In dem Moment, in dem er in den Frühstücksraum getreten war, hatte sie die Enttäuschung und Traurigkeit in der Starrheit seines Körpers wahrgenommen. Zu wissen, dass sie die Ursache für seinen Aufruhr war, hatte sie beinahe zerrissen.

Als sie sich dann entschuldigt und versucht hatte, die Verantwortung zu übernehmen, hatte er sich als vollendeter Gentleman gezeigt. Er war, wie sie erkannte, unvergleichlich.

Misstrauisch sah sie zu der Stelle, wo er einen Schneemann baute. Sie veranstalteten einen Wettbewerb, bei dem es darum ging, wer den größeren baute, ohne dass das

Gebilde umfiel – und er hatte versprochen, nicht über ihre Kopfhöhe hinaus zu bauen, damit die Sache gerecht bliebe.

Aber er war nicht da.

Zu spät vernahm sie das leise Knirschen im Schnee hinter ihr. Genau in dem Moment, bevor die Kälte an der Rückseite ihres Umhangs hinunterlief.

Sie schnappte nach Luft und wirbelte mit offenem Mund herum. Schalk tanzte in seinem Blick, als er mit den Schultern zuckte. Prompt brach sie in Lachen aus.

Er stimmte ein und es verging gut eine Minute, ehe sie sprechen konnte. »Das hatte ich verdient.« Sie hatte sich vorhin hinter ihm angeschlichen und ihm einen kleinen Schneeball in den Nacken gepresst. Beinahe wäre er vor Schreck aus seiner Haut gefahren.

»Das hast du ganz gewiss«, antwortete er.

Sie nahm wahr, dass sie den Schnee noch immer in der Hand hielt. Sie hatte ihn zusammengerafft, um ihn an ihre Schneemannfigur zu drücken. Die Hand um die kalte Masse krümmend machte sie Anstalten zu werfen –«

Womit sie nur erreichte, dass er sich auf sie warf. Sie versuchte, aus seiner Reichweite zu entkommen, aber sie rutschte mit einem Fuß im nassen Schnee aus, und nichts konnte ihren Sturz aufhalten. Ihre Beine knickten unter ihr weg und sie fiel auf den Rücken in den weichen Schnee.

Ash riss die Augen auf und dann sorgte der Himmel für Gerechtigkeit und auch er glitt aus.

Die Arme wie die Flügel einer Windmühle kreisend fiel er vornüber und schaffte es, sich zu drehen, sodass er neben ihr landete. Zu seinem Pech bekam er lauter Schnee ins Gesicht.

Er hob den Kopf und drehte ihn zu ihr. Der Schnee klebte an seinen Augenbrauen, der Nase, dem Kinn und ließ ihn wie einen lebendigen Schneemann aussehen. Erneut ergab sich Bianca ihrem Gelächter.

Er grinste. »Sehe ich lächerlich aus?«

Bianca schnappte nach Luft. »Du siehst wie mein Bruder aus, sollte sich sein Äußeres an sein Inneres angleichen.« Sofort zog sie eine Grimasse. »Das hätte ich vielleicht nicht sagen sollen.«

»Es ist nicht so, dass ich es ihm verraten würde. Dein Geheimnis – all deine Geheimnisse sind bei mir sicher.«

Sie war nicht sicher, ob sie irgendwelche Geheimnisse hütete. Mit Ausnahme von gestern Nacht. Und von diesem einen wusste er. Allerdings wusste er nicht, wie tief ihr Bedauern reichte, oder wie zerrissen sie sich, insbesondere in diesem Augenblick, fühlte.

Sie genoss es, mit ihm zusammen zu sein. Er gab ihr das Gefühl, geschätzt und respektiert zu sein. Falls sie heiraten würde, wünschte sie sich einen Ehemann, der so wäre wie er.

Auf ihren Ellbogen gestützt, drehte sie sich auf die Seite. Das tat ihr sofort leid, denn das kalte Nass sickerte durch die Kleidung an ihrer Hüfte. Das war jetzt allerdings nicht zu ändern. So oder so würde sie ein Bad nötig haben.

Sie sah ihm zu, wie er den Schnee aus seinem Gesicht wischte. »Ist dein Angebot von gestern Nacht immer noch gültig?«

Seine Hand erstarrte in der Bewegung und dann ruckte sie – ein Zucken, nahm sie an. Er wischte den restlichen Schnee fort und dann sah er sie mit seinen warmen schokoladenfarbenen Augen fest an. »Das ist es, bis du beschließt, einen anderen zu heiraten.«

Ihr stockte der Atem in der Brust. »Das würde ich nicht. Es ist nicht so, dass ich dich nicht heiraten will.« Im Gegenteil … sie *würde* sich möglicherweise dafür entscheiden. »Es ist so, dass ich niemanden heiraten will.«

»Dann werden wir beide unverheiratet sterben.« Er

sagte das auf eine trockene Weise, aber es war ein unbeschreiblich trauriger Gedanke.

»Nun, das ist deprimierend.«

Er lachte leise, als er sich auf die Seite drehte, um sie anzusehen. »Es ist wahr. Manchmal ist die Wahrheit nicht das, was wir gern hätten, aber wir müssen mit ihr leben.«

Sie dachte an seine Schwäche und die Qualen, die sie ihm gebracht hatten – und wie er gelernt hatte, damit fertig zu werden und zu überleben. Ein Gefühl der Hochachtung wallte in ihr auf. »Du bist ein außerordentlicher Mann. Deshalb sollst du wissen, dass es nicht an dir liegt.«

Er nickte. »Ich verstehe.« Er hob die Stimme zu einem höheren Tonfall und ahmte sie nach. »*Wenn* ich heiraten würde, würde ich dich heiraten!« Abermals senkte er die Stimme. »Stimmt das?«

Er grinste und sie raffte noch ein wenig Schnee zusammen, den sie ihm gegen die Brust schleuderte. Er machte große Augen und dann kniff er sie zusammen. Sein Kiefer spannte sich kurz an, bevor er sich auf sie stürzte und sie erneut auf den Rücken warf.

Er packte ihre Hände und hob sie über ihren Kopf. Erneut schnappte sie nach Luft, aber das hatte nicht das Mindeste mit der Kälte an ihrem Rücken zu tun, sondern war einzig und allein darauf zurückzuführen, wie er mit gespreizten Beinen auf ihr saß.

»Hat dir jemals jemand gesagt, dass du teuflisch bist?«, fragte er.

»Meine Geschwister, da bin ich sicher.« Eine Flut aus Wärme und Freude rauschte über sie hinweg, verbunden mit einer zuckenden Hitze, aufgrund der Art und Weise, wie er ihre Arme hielt und ihre Körper sich im Beckenbereich berührten. Warum lehnte sie seinen Heiratsantrag ab? »Es ist nicht nur, dass ich nicht heiraten möchte. Wenn ich dich heiraten würde, müsste ich in London leben, und das

will ich nicht. Mir gefällt es hier. Nein, ich liebe es hier.«
Ganz besonders *hier*. Mit ihm.

»Sind wir also wieder zurück bei diesem Thema?« Er
hob eine Schulter und sie war nicht sicher, ob es ein
Zucken war, oder nicht. Nein, sie wusste es – dies war
beabsichtigt. »Nur einen Teil des Jahres. Du kannst das
gesamte Jahr hierbleiben. Obwohl ich dich schrecklich
vermissen würde.«

Sie würde ihn auch vermissen. Wenn er nach Neujahr
abreiste, befürchtete sie, dass es ihr das Herz brechen
würde.

»Wie wäre es, wenn ich dir ein Haus außerhalb von
London kaufen würde? Dann könnten wir einander regelmäßig sehen und du müsstest nicht in der Stadt leben. Wir
könnten ein lokales, wohltätiges Anliegen finden, dem du
deine Zeit und Hingabe widmen kannst, da bin ich
sicher.«

Die Sonne tauchte hinter den Wolken auf und ihre
Strahlen fingen bereits an, den Schnee um sie herum
ebenso zu schmelzen, wie auch ihre Entschlossenheit
offenbar plötzlich zu bröckeln begann. Er war zu perfekt.
Zu wundervoll. Nein, er war einfach Ash.

»Wir könnten zusammen ein Haus aussuchen und
dafür sorgen, dass es sich wie hier anfühlt«, fuhr er fort.
»Wie zuhause.«

Sie wusste bereits, was sich wie zuhause anfühlte. Ash.

»Meine Güte, was tut ihr da?« Mrs. Rutledges
Stimme zerriss die Luft, gefolgt von einem nervösen
Lachen.

Ash sprang beinahe von Bianca, als er in die Höhe
schnellte und ihr rasch beim Aufstehen half. »Nichts, wir
sind ausgeglitten.«

»Das erklärt die Sache natürlich«, antwortete seine
Mutter mit einem unbehaglichen Lachen. »Ich denke, ihr

habt beide auf der Stelle ein Bad nötig. Obwohl die Sonne heraus ist, müsst ihr durchgefroren sein.«

»Jetzt, da ich nass bin, ja«, gab Bianca zu.

Als sie sich auf den Weg zum Haus machten, bemerkte Mrs. Rutledge: »Ich bin gekommen, um mit euch über das Fest zu sprechen. Ich denke, wir sollten Thornaby und Keldon um Unterstützung bitten.«

»Nein«, antworteten Bianca und Ash wie aus einem Mund. Ihre Blicke trafen sich an Ashs Mutter vorbei, die zwischen ihnen ging.

»Warum um alles in der Welt nicht? Sie würden überglücklich sein, zu helfen und Keldons Mutter ist eine Freundin von mir. Sie wäre enttäuscht, wenn ich sie nicht fragte.«

»Wir müssen niemanden bemühen«, erklärte Ash mit einem Schulterzucken. »Lass uns alle damit überraschen, was wir zustande bringen.«

Bianca nickte begeistert. »Genau. Ich bin sicher, dass Poppy und Gabriel helfen werden – wir können das unter uns bewältigen.«

Mrs. Rutledge runzelte leicht die Stirn, als ein Diener die Tür öffnete. »Wenn ihr das sagt.«

»Das tun wir«, versicherte Ash ihr.

Seine Mutter trat zuerst ein, gefolgt von Bianca und dann Ash.

»Die beiden brauchen warme Bäder«, erklärte Mrs. Rutledge an den Butler gewandt, während dieser die Tür schloss. Der Dienstbote nickte und entfernte sich.

Bianca rückte an Ashs Seite und flüsterte: »Zu schade, dass wir es nicht gemeinsam nehmen können.«

Er sah sie mit dem glühendsten Blick an, den sie je erhalten hatte, und das unerfüllte Verlangen in ihrem Innern wuchs erneut an. »Du wirst mich vollkommen ruinieren.« Über das laute Pochen, das ihr rauschendes

Blut in ihren Adern erzeugte, war seine Stimme an ihrem Ohr kaum hörbar.

Heute hatte Bianca einen kurzen Blick darauf erhalten, wie ihr gemeinsames Leben aussehen könnte. Die Aussicht war überaus verlockend.

~

*W*enn es je einen perfekteren Tag gegeben haben sollte, konnte Ash sich nicht erinnern. Nicht in diesem Leben. Nicht in irgendjemandes Leben. Er würde jeden herausfordern, die pure Freude und Begeisterung während seiner Zeit mit Bianca zu überbieten. Und das war, *nachdem* sie seinen Heiratsantrag abgelehnt hatte.

Oh, das tat noch immer weh, aber heute Abend besaß er etwas, was er gestern noch nicht gehabt hatte: Hoffnung. Sie hatte geflirtet und sich provokativ gezeigt, aber auch entschuldigend und möglicherweise von Bedauern geplagt. Er wollte wirklich nicht, dass sie sich schlecht fühlte, doch wenn diese Reue sie veranlasste, ihre Meinung zu ändern, würde er sich tatsächlich glücklich schätzen.

Die Realität – und Zynismus – flutete unaufhaltsam in seine beschwingten Gedanken. Wenn er hoffte, sie zu einer Änderung ihrer Einstellung zu bewegen, blieb ihm beinahe keine Zeit. Morgen wäre sie auf dem Weg zu ihrer Schwester. Der Schnee war im Laufe des Nachmittags in beachtlichem Maß geschmolzen, aber nicht schnell genug, als dass sie vor Sonnenuntergang auf Darlington Abbey hätte eintreffen können. Allerdings konnte sie am Morgen abfahren.

Er hatte eine Wahl – er konnte hier im Bett liegen und darauf warten, dass etwas passierte, oder er könnte aufstehen und den Weg in die Zukunft ebnen, die er sich wünschte. So gesehen, gab es überhaupt keine Wahl.

Ash schlug die Bettdecke zurück und griff nach seinem Hausmantel, den er über sein Nachtgewand zog.

Ehe er seine Absichten noch einmal überdenken konnte, begab er sich vom Schlafzimmer in das Wohnzimmer. In Nu hatte er die Tür geöffnet.

Und dann blieb er unvermittelt wie erstarrt stehen.

Dort stand Bianca in ihrem Nachthemd und ihr dunkles Haar hing in einem dicken Zopf über ihre rechte Schulter. Überrascht sah sie ihn mit ihren strahlend blauen Augen an. »Ich habe nicht einmal geklopft«, stellte sie fest.

»Ich war auf dem Weg zu dir.«

»Tatsächlich?« Sie klang ein wenig außer Atem.

Er fasste sie am Ellbogen und zog sie hinein, wobei er rasch die Tür hinter ihr ins Schloss zog. »Bee –«

Sie legte einen Finger an seine Lippen. »Schhh. Ich bin gekommen, um dich zu sehen. Ich werde reden.«

So wie sie seinen Mund berührte, war er sicher, dass er nicht ein einziges Wort davon verstehen würde, was sie sagte. Sein Schaft war inzwischen schon in voller Bereitschaft und sein Körper dröhnte vor schierem Verlangen.

Er antwortete ihr mit einem Nicken.

»Gut.« Sie ließ die Hand sinken und er widerstand dem Drang, ihre Fingerspitzen zwischen seinen Zähnen festzuhalten. »Ich habe meine Meinung geändert. Ich werde dich heiraten.«

Helle Freude explodierte in seiner Brust und er konnte sich gerade noch zurückhalten, um nicht einen Kraftausdruck herauszuschreien. In den schlimmsten Zeiten seines Handicaps war dies ein vergleichsweise häufiges Vorkommnis, wenn er aufgeregt war. Und weil dies wahrscheinlich der spektakulärste Augenblick seines Lebens war, war es logisch, dass er auf die gleiche Weise reagierte. Er war nur froh, dass er sich gerade noch beherrschen konnte, ehe er sie letzten Endes noch vertrieb.

Die Realität dessen, was sie gesagt hatte, drang langsam in sein Bewusstsein. »Du meinst es ernst?« flüsterte er. Plötzlich wurde seine Glückseligkeit von Furcht überschattet. Was würde sie tun, wenn er sich, wie es unvermeidlich war, einmal nicht beherrschen konnte? Wenn ihm etwas über die Lippen schlüpfte oder er einen Anfall erlitt, der jede erdenkliche Aufmerksamkeit auf sich zog?

»Das tue ich.«

»Ich denke, ich könnte *meine* Meinung geändert haben.«

Tiefe Furchen gruben sich in ihre Stirn, als sie näher zu ihm trat, bis sie ihn beinahe berührte. »Warum?« Sie schüttelte den Kopf. »Nein, es ist unwichtig. Das kannst du nicht.«

»Doch, ich kann. Du solltest mich nicht heiraten. Ich bin ... defekt.« Er drehte sich von ihr weg.

Aber er kam nicht sehr weit. Mit eiligen Schritten lief sie um ihn herum und stellte sich ihm in den Weg. »Das bist du nicht.« Sie stemmte die Hände in die Hüften und sah ihn mit festem Blick an. »Sag das niemals. Du bist perfekt.«

Er lachte. Diese Reaktion lag teilweise außerhalb seiner Kontrolle, aber sie war auch passend. »Ich bin alles andere als das. Ich will nicht, dass du dem ausgesetzt bist – oder mir.«

Sie musterte ihn vom Ansatz seines roten Haarschopfes bis zu den Fußspitzen seiner bloßen Füße. »Zu spät. Du hast mich dir bereits ausgesetzt und ich bin außerordentlich verliebt in dich.«

Es wurde ihm eng in der Brust, als ihm das Herz anschwoll. »Du hast es gesehen ... Es kann weitaus schlimmer werden. Manchmal rutschen mir Dinge heraus, Dinge, die ich nicht kontrollieren kann.«

Sie senkte die Augenlider. »Ist das alles?«

»Das Zucken kann … heftig sein. Ich bin bekannt dafür, andere Menschen zu erschrecken, was jetzt allerdings nicht mehr so sehr vorkommt.«

Sie berührte sein Gesicht und ihre weiche Hand liebkoste sein stoppliges Kinn. »Wie hast du es ausgehalten? Wenn ich mir überlege, was du in der Schule und in London hattest ertragen müssen, bin ich außer mir.«

»London war nicht so schrecklich, aber wie du weißt, war es in der Schule grauenhaft. Hätte ich nicht so gute Noten und die Fürsorge des Rektors gehabt, hätten sie mich nach Hause geschickt, dessen bin ich mir sicher.«

»Du hast überlebt.« Sie streichelte seine Wange. »Wie ich vorhin bereits sagte, bist du ein außergewöhnlicher Mann. Ich wäre stolz, dich meinen Ehemann zu nennen, wenn du mich lässt.«

Seine Furcht ebbte allmählich ab, allerdings fühlte er sich weiterhin von ihrem Stimmungswechsel verwirrt. »Warum hast du deine Meinung geändert?«

Sie nahm sein Gesicht zwischen ihre Hände und sah ihm mit ernsten Blick in die Augen. »*Ich* habe sie nicht geändert – du hast das vollbracht. Du hast mir gezeigt, was ich versäumen würde, was ich bedauern würde. Als du heute gesagt hast, dass du nicht heiraten würdest, bis ich das täte, wusste ich, dass ich dich nicht zu einem Leben allein verdammen könnte.«

Er lachte bellend auf. »Also hast du Mitleid mit mir?«

Sie zog eine Grimasse, wobei sie ihre Hände an seinem Nacken entlang bis zu seinem Schlüsselbein gleiten ließ. »Das ist nicht richtig herausgekommen. Ich will nicht, dass du allein bist. Und darüber hinaus will ich nicht, dass du mit irgendjemand anderem außer mir zusammen bist.«

Er schlang einen Arm um sie und zog sie an seine Brust. »Gut, weil ich keine andere außer dir will. Bist du sicher, dass du mit meinem Handicap leben kannst?«

»Da ich nicht glaube, ohne dich leben zu können, würde ich definitiv *ja* sagen.«

»Bee.« Er senkte den Kopf und ließ seine Lippen über ihre streifen. Ehe er noch in Worte fassen konnte, wie sehr er sie liebte, öffnete sie die Lippen unter seinen und küsste ihn in wilder Leidenschaft.

Als ihre Zunge die seine berührte, war dies der Funke, der seine gesamte Welt in Flammen versetzte. Er hob sie hoch und trug sie in sein Schlafzimmer, wo er sie sanft auf das Bett legte.

»Dies scheint vertraut«, murmelte sie.

»Diese Nacht wird nicht auf die gleiche Weise enden«, gelobte er.

Sie streckte die Hand nach ihm aus, als er seinen Hausmantel abstreifte. »Gut.«

In einem Wirrwarr aus Gliedern entkleideten sie sich. Ash hielt inne und nahm die pure Schönheit ihres Körpers in sich auf. Mit gesenktem Kopf liebkoste er ihre Brust, indem er die Brustwarze in den Mund nahm und daran saugte, bis sie ihre Finger mit seinem Haar verflochte und seinen Namen herausschrie.

Er ließ eine Hand an ihrem Bauch herabgleiten, bis er auf die Locken stieß, die ihr Geschlecht verhüllten. Sie war bereits heiß und feucht für ihn. In dem Moment, als er ihre Klitoris berührte, erschauderte sie.

»Bitte. Ash.«

Er streichelte sie und steigerte das Tempo, als sie die Hüften in Einklang mit seiner Berührung kreiste.

»Erfülle mich. Jetzt.« Ihre Bitte klang sinnlich und flehend. Sie klammerte sich an seine Schultern, als sie sich

vom Bett erhob, um seinen Liebkosungen entgegen-
zukommen.

Er schob einen Finger in ihre Scheide und erfüllte sie,
wie sie ihn gebeten hatte. Sie wimmerte und er spürte, wie
sich ihre Muskeln um ihn herum anspannten. Er übte
Druck auf ihre Klitoris aus und sie explodierte, ihre Beine
bebten und ihre Schreie kletterten in immer höhere Tonla-
gen. Er bedeckte ihren Mund mit seinem eigenen und
nahm ihre Leidenschaft in sich auf.

Er wartete nicht, bis sie wieder zu sich kam, sondern
setzte sich zurück und brachte sich an ihrem Geschlecht in
Position.

Sie schlug die Augen auf und das Blau ihrer Iris war so
klar, so lebhaft in ihrer Verwunderung, dass er innehielt. Er
beugte sich vor, um sie sanft zu küssen, ehe er langsam in ihre
Scheide sank. Als er vollkommen in sie eingedrungen war,
hielt er inne und wartete, bis sie sich an ihn gewöhnt hatte.

»Fühlst du dich wohl?«, fragte er. Er hatte dies noch nie
mit einer Jungfrau getan und er wollte ihr keinen unnö-
tigen Schmerz zufügen.

Endlich stieß sie die Luft aus. »Ich denke schon. Es
fühlt sich fremd an.«

»Ich bitte um Entschuldigung. So wie ich es verstanden
habe, wird es für dich beim nächsten Mal weitaus besser
sein.«

»Das ist ein Glück für mich, denn ich werde viele, viele
nächste Male mit dir haben.«

Sein Herz schwoll an vor lauter Liebe zu ihr. Dann
bewegte sie sich, indem sie leicht ihre Hüfte hob.

Ihre Augen weiteten sich kurz. »Das hatte ich nicht
beabsichtigt! Ich glaube, ich habe gezuckt.« Sie kicherte.

»Du meinst, mein Leiden ist ansteckend?«, fragte er
mit gespieltem Entsetzen.

»Vielleicht, und es ist mir egal. Es ist, wer du bist, und ich würde nicht eine Kleinigkeit an dir ändern wollen. Eventuell eine Sache, um genau zu sein. Ich denke, es würde mir gefallen, wenn du dich bewegst.«

»Mit Vergnügen.« Er zog sich zurück und stieß erneut sanft vor, wieder und wieder, bis ihr Atem stoßweise ging, und sich ihre Augen in augenscheinlicher Ekstase schlossen. Er umfasste ihre Oberschenkel und zog sie zu seiner Taille. »Schling deine Beine um mich, Liebling.«

Sie tat genau das und öffnete sich für ihn, sodass er noch tiefer in sie sank. Sie stöhnte leise. »Ich denke, dass dieses Mal sehr schön ist.« Ihre Beine spannten sich um ihn an und er verlor seine Fähigkeit zu bewusstem Denken.

Sie bewegten sich zusammen in einem immer schneller werdenden Tempo und ihre Körper fanden zu einem magischen Rhythmus. Als er das Blut in seinen Schaft rauschen fühlte, wusste er, dass er kurz vor dem Höhepunkt war. Erneut schob er die Hand zwischen sie und wieder streichelte er ihre Klitoris, entschlossen, ihr einen weiteren Orgasmus zu entlocken, oder wenigstens sein Bestes zu versuchen.

Kurz vor seinem Höhepunkt spannte sie die Muskeln um seinen Schaft an. Er schrie ihren Namen heraus und drang tief in sie, ehe er sich in ihr erlöste. Die Befriedigung breitete sich in immer neuen Wellen in ihm aus und schleuderte ihn in eine unvergleichliche Glückseligkeit.

Als er einige Augenblicke später wieder vollständig zu sich gekommen war, hob er seinen Körper von ihr. Er küsste ihre Wange, ihren Kiefer, ihren Mund.

Sie seufzte an seinen Lippen, als er ihren Körper verließ. Er machte Anstalten, von ihr abzurücken, doch sie hielt ihn zurück. »Ich bin gleich zurück«, flüsterte er. »Wir sollten uns säubern.«

Sie schlug die Augen auf und er erblickte darin genau

das, was er selbst empfand. Unendliche Befriedigung. Und vielleicht Liebe.

»Ich will nicht gehen«, sagte sie leise.

»Dann tu es nicht. Wir sind verlobt.«

Ihre Lippen kräuselten sich zu einem Lächeln. »So gut wie verheiratet. Werde ich wirklich zur Komtess von Buckleigh?«

Er nickte, während er noch immer dachte, wie fremd das klang.

»Ich wäre als Mrs. Rutledge ebenso glücklich gewesen.« Sie gähnte.

Als er aus dem Bett stieg, um einen Waschlappen zu holen, erfüllte ihre Feststellung ihn mit Wärme. Bei seiner Rückkehr nahm sie ihm den Waschlappen ab und säuberte sich, ehe er sie anschließend mit der Bettdecke zudeckte. Als er zurückkehrte, um sich an sie zu schmiegen, war sie bereits eingeschlafen.

Er lächelte in sich hinein, als er ihr einen Kuss auf die Schläfe drückte und flüsterte: »Ich liebe dich.«

KAPITEL 9

Obwohl es taute, war die Landschaft auf ihrer Fahrt nach Hartwood dennoch mit Schneeflecken betupft. In seiner Kutsche kuschelte Bianca sich enger an Ash, und zwar nicht nur wegen der Wärme, die er ihr spendete, sondern weil sie fand, dass sie ihm einfach gern nahe war. Ihre Zofe und sein Kammerdiener fuhren hinter ihnen in Calders Kutsche. Ash hatte entschieden, seinen Kammerdiener für den Fall mitzunehmen, dass Calder ihn einladen würde, über Nacht zu bleiben. Bianca würde alles in ihrer Macht Stehende tun, damit dies geschah.

Jetzt, da sie zu dem Schluss gekommen war, dass sie ohne Ash nicht leben konnte, wollte sie ihr gemeinsames Leben am liebsten sofort beginnen. »Müssen wir das Aufgebot verlesen lassen?«

Heute Morgen beim Frühstück hatten sie über den Termin für die Hochzeit gesprochen. Seine Mutter war überglücklich über die Neuigkeit ihrer Verlobung. Sie hatte auch gesagt, dass sie angesichts ihres gestrigen Benehmens nicht überrascht war. Dann hatte sie das Allerschönste gesagt: »Es wird so herrlich sein, wieder eine Tochter zu haben.«

Bianca hatte die Tränen zurückkämpfen müssen und nicht gewusst, was sie darauf antworten sollte. Sie hatte noch nie zuvor eine Mutter gehabt.

»Wäre es dir lieber, wenn ich eine Sondergenehmigung erwerbe und wir morgen heiraten?«, hatte Ash gefragt.

»Könnten wir das?«

Er lachte. »Nicht morgen, aber wie wäre es mit diesem Donnerstag?«

»Hmm.« Sie tippte sich mit einem Finger an das Kinn und tat so, als ob sie überlegen würde. Dann ließ sie die Hand in den Schoß sinken und grinste ihn an. »Wie es der Zufall will, habe ich noch nichts vor.«

»Ausgezeichnet.« Er küsste sie, wie er es während ihrer Reise bereits ein Dutzend Mal oder öfter getan hatte. Es war zu schade, dass sie gerade in die Auffahrt von Hartwood einbogen, sonst hätte sie vielleicht versucht, ihn zu mehr als nur einem Kuss zu verführen …

Rumpelnd kam die Kutsche zum Stehen und Bianca seufzte resigniert. »Ich werde mich im Voraus für das Benehmen meines Bruders entschuldigen.« Sie war ein wenig nervös, dass er eine Bemerkung über Ashs Boxkämpfe machen könnte, aber sie war zu dem Schluss gekommen, dass es im Grunde unwichtig war.

Als sie aus der Kutsche gestiegen waren, nahm sie Ash am Arm und sah ihn mit einem aufmunternden Lächeln an, das nicht nur für ihn, sondern auch für sie selbst gedacht war. Sie gingen auf das Haus zu und Truro, der Butler öffnete die Tür, um sie zu begrüßen.

»Willkommen zuhause, Lady Bianca«, sagte er.

»Danke Truro. Das ist der Earl of Buckleigh, mein Verlobter.« Dies laut auszusprechen löste eine berauschende Freude und Aufregung aus. Sie wollte die Neuigkeit vom

Türmchen an der nordwestlichen Ecke ausrufen, damit ganz Hartwood und Hartwell sie hören konnte.

Truro war sehr wahrscheinlich der unerschütterlichste aller Butler der gesamten Geschichte. Er äußerte nicht einmal den Anflug von Überraschung und zeigte auch keine andere Emotion. Er neigte den Kopf und bemerkte: »Darf ich meine herzlichsten Glückwünsche ausdrücken?«

Sie strahlte ihn an und endlich nahm sie den winzigen Anflug eines Lächelns wahr. »Vielen Dank. Würden Sie meinen Bruder bitten, uns im Salon zu treffen?«

»Gewiss.« Er nahm ihren Umhang und die anderen Accessoires während ein anderer Diener Ashs Sachen entgegennahm.

Abermals verschlang Bianca ihre Hand mit Ashs Arm und führte ihn durch die Eingangshalle in die innere Halle und dann nach rechts in den Salon. »Mein Bruder wird verzückt sein, mich endlich loszuwerden.«

»Glaubst du das?«, fragte Ash.

»Ich weiß es. Er murrt fortwährend darüber, dass ich eine Saison haben muss, und jetzt wird sich keiner von uns noch damit herumplagen müssen.«

Sie standen in der Mitte des Salons und Ash drehte sich zu ihr. »Wirst du mit mir nach London kommen?« Sie waren in der Kutsche nicht dazu gekommen, diese Frage zu erörtern.

Bianca hasste die Aussicht, ihr Zuhause zu verlassen, aber die Vorstellung, ohne ihn zu sein, hasste sie sogar noch mehr. »Ja. Mein Zuhause ist jetzt überall, wo wir zusammen sind.«

Lächelnd beugte er sich herab, um sie erneut zu küssen, doch Calders Eintreffen unterbrach sie.

»Was zum Teufel ist hier los?« Seine wütende Stimme schallte durch den Salon. Es war der heftigste Ausdruck von Emotion, den sie seit seiner Rückkehr nach Hartwood von ihm wahrgenommen hatte. »Truro hat Buckleigh als deinen Verlobten bezeichnet.« Er sah Ash finster an.

»Du musst wirklich an einer freundlicheren Begrüßung arbeiten«, erklärte Bianca ungeduldig. »Es ist schön, dich zu sehen, Calder. Gestatte mir, dir meinen *Verlobten,* den Earl of Buckleigh, vorzustellen.«

»Ich kenne ihn verdammt gut«, knurrte Calder. »Und er ist nicht dein Verlobter. Ich habe dir nicht die Erlaubnis erteilt, zu heiraten. Aber das ist gerade nicht der Punkt. Wie kommt es, dass du zu Poppy gefahren und mit ihm zurückgekehrt bist?«

Bianca spürte, wie Ash sich anspannte und dann wurde er von einem Zittern durchgerüttelt. »Ich bin nicht zu Poppy gefahren. Ich saß fest, wegen —«

Seine Augen glitzerten vor Wut. »Du bist nicht nach Darlington Abbey gefahren? Du hast mich angelogen?«

»Ich habe einen Umweg gemacht. Ich wollte mit Ash über die Frage reden, wo wir das Fest zum zweiten Weihnachtstag veranstalten.« Sie schniefte und reckte das Kinn. »Die wir geklärt haben, vielen Dank. Aber nein ... eigentlich nicht vielen Dank, weil du der Grund bist, warum wir uns einen alternativen Schauplatz haben einfallen lassen müssen.«

»Das Fest interessiert mich nicht die Bohne.« Er spannte seinen Kiefer an, als er Ash weiterhin anstarrte. »Und es wird keine Hochzeit stattfinden.«

»Die wird *stattfinden.*« Sie fasste Ashs Arm mit festem Griff und versuchte, ihm so ihre Unterstützung und Liebe zu übermitteln. *Liebe? Oh ja.*

Ash zuckte mehrere Male in schneller Folge und musste auch husten und sich räuspern.

Calder kräuselte die Lippen. »Das wird sie *nicht.* Ich werde dir nicht gestatten, Buckleigh zu heiraten. Er ist zu unbeständig. Schau ihn dir nur an. Es ist, als ob er sich nicht selbst kontrollieren kann.«

»Halt den Mund!« Ash zog sich von Bianca zurück und für einen kurzen Augenblick fürchtete sie, er würde sich auf Calder stürzen. Was Calder voll und ganz verdient hätte. »Ich habe ein Leiden und manchmal – insbesondere, wenn ich provoziert werde – gerät es außer meiner Selbstkontrolle.« Seine Brust hob und senkte sich in rascher Folge, als er um die Wiedererlangung der Beherrschung über sich selbst kämpfte.

Bianca berührte Ash am Arm, allerdings sah sie dabei ihren Bruder an. »Ich werde heiraten, wen ich möchte. Ich bin volljährig.«

Calder kniff die Augen misstrauisch zusammen, als er Ash ansah. Dann wandte er seine Aufmerksamkeit Bianca zu. »Obwohl das wahr ist, untersteht deine Abfindung meiner Kontrolle, bis du fünfundzwanzig bist. Wenn ich deinen Ehemann nicht befürworte, bekommst du das Geld nicht.«

Ihr stand der Mund offen, als die Empörung in ihr aufwallte. »Du würdest mir vorenthalten, was Papa mir zugedacht hat?« Warum hatte ihr Vater die Dinge überhaupt auf diese Weise geregelt? Weil er Vertrauen in Calder hatte, kein kaltherziges Monster zu sein.

»Er hat mir die Verwaltung dafür – und dich – aus einem Grund übertragen. Ich wäre nachlässig, wenn ich meiner Pflicht nicht nachkommen würde.«

Bianca warf die Hände in die Luft. »Du und deine Pflicht. Du vergisst die Familie oder Loyalität oder *Liebe.*« Sie starrte ihn an und gab sich ihrer Wut und Enttäuschung ihm gegenüber voll und ganz hin. »Ich weiß nicht, wer du bist, aber du bist nicht mein Bruder. Ich brauche deine Befürwortung nicht und ich will sie auch nicht. Behalte meine Abfindung. Es scheint, als sei Geld das

Einzige, was dir noch etwas bedeutet. Hoffentlich wird es dich glücklich machen.«

Calder legte die Stirn in tiefe Falten. »Du machst einen Fehler, wenn du ihn heiratest.«

»Ich werde nicht diejenige sein, die diesen Tag bedauert, Calder. Ich werde bei Poppy wohnen, bis die Hochzeit am Donnerstag stattfindet. Wenn du nicht zumindest höflich zu dem Mann sein kannst, den ich liebe, dann bitte ich dich, von der Hochzeit fernzubleiben, von uns und auch vom Fest am zweiten Weihnachtstag.«

Voller Frustration stieß er die Luft aus. »Ich habe dir gesagt, dass ich nicht interessiert bin –«

Sie hob eine Hand. »Bemühe dich nicht. Wir werden jetzt gehen. Du kannst endlich allein sein, was du dir, glaube ich, ohnehin wünschst.« Bianca nahm Ash an der Hand und zog ihn aus dem Salon durch die innere Halle zur Haupttreppe.

»Ich muss Donnelly auftragen, meine Sachen so schnell wie möglich zu packen«, erklärte sie und fing an, die Treppe hinaufzusteigen.

»Habe ich dich richtig verstanden?«, fragte er und zog sie an der Hand, als sie den oberen Treppenabsatz erreichten.

Sie drehte sich zu ihm um und ihre Gedanken schwirrten vor Zorn und Frustration. »Was?«

»Habe ich dich sagen hören, dass ich der Mann bin, den du liebst?«

All die negativen Emotionen, die sich in ihr drängelten, verblassten. Sie richtete den Blick auf den Fußboden und fühlte sich plötzlich überaus schüchtern. »Ja.«

Er berührte sie am Kinn und hob es an. »Ausgerechnet jetzt wirst du schüchtern.« Er lachte und dann schmiegte er die Hand um ihre Wange. »Ich liebe dich Bianca und ich bin überglücklich, dass du meine Liebe erwiderst.«

»Natürlich tue ich das. Es tut mir nur so leid, dass mein Bruder unser Glück ruiniert hat.« Sie straffte die Schultern. »Nein, er hat *versucht,* es zu ruinieren. Und er hat versagt.«

»Er hat es allerdings fertig gebracht, dir deine Abfindung vorzuenthalten.« Die Muskeln in Ashs Nacken verspannten sich und sein Kopf ruckte zur Seite, als er hustete. »Ich bedaure, dass es dazu gekommen ist.«

»Ich nicht. Es ist nicht von Belang, solange wir zusammen sind.«

Ash zog sie an seine Brust. »Ich bin der glücklichste Mann auf Erden.«

Sie schlang die Arme um seinen Nacken. »Dann bin ich die glücklichste Frau.« Sie stellte sich auf die Zehenspitzen und küsste ihn, jedoch hielt sie den Kontakt nur kurz. Ihr lag daran, Calders vergifteten Dunstkreis so rasch wie möglich zu verlassen.

Sie zog ihn die Treppe hinauf und sagte: »Komm, beeilen wir uns. Ich möchte Shield's End besuchen, ehe wir zu Darlington Abbey fahren.« Kurz bevor sie die erste Etage erreichten, blieb sie stehen und sah zu ihm auf. »Wenn ich noch einmal darüber nachdenke, sollte ich einfach nach Buck Manor zurückkehren.« Sie sah ihn mit einem anzüglichen Blick an.

Er ließ ein leises Knurren hören. »Du bist unbeschreiblich verrucht, Mylady.«

»Ich bin noch nicht deine Lady«, neckte sie ihn.

Er zog sie auf den Treppenabsatz und nahm sie noch einmal in dein Arme. »Oh ja, das bist du. Du bist mein. Für alle Zeiten.«

～

*A*ls Ash Bianca in die Kutsche half, warf er einen letzten enttäuschten Blick auf das imposante Hartwood Herrenhaus. Er fragte sich, ob sie je zurückkehren würden. Biancas restlichen Sachen würden nach Buck Manor geschickt, also bestand kein wirklicher Grund für sie, noch einmal hierher zu kommen. Nicht, bis ihr Bruder sich entschuldigte.

Wenn er sich entschuldigte. Dass das passierte, konnte Ash sich gegenwärtig nicht vorstellen.

Sie machten es sich in der Kutsche bequem, die sich in Richtung der Ortschaft in Bewegung setzte, da sie bei Shield's End Halt machen wollten, um mit dem Hausverwalter über das Fest am zweiten Weihnachtstag zu sprechen. Bereits seit langer Zeit, noch vor Ashs Geburt, kümmerte Tucket sich um das Anwesen und obwohl er beinahe taub war und nicht annähernd so wendig wie einst, würden sie ihn nicht ersetzen. Sein Sohn war ein Vitrinenbauer im Ort und er besuchte ihn regelmäßig.

»Wir sollten auch Alfie Tucket im Ort besuchen«, schlug Ash vor und dachte, dass er gleichzeitig mit seinem Vater über das Fest informiert werden sollte.

»Oh ja, das müssen wir tun.« Bianca schüttelte den Kopf. »Ich fürchte, ich denke gerade nicht besonders klar.«

Ash nahm sie an der Hand und drückte sie tröstend. »Das ist zu erwarten. Überlass das Denken heute mir.«

Das Lächeln, mit dem sie ihm antwortete, strahlte vor Dankbarkeit. »Vielen Dank. Es tut mir immer noch so leid wegen Calder.«

»Es gibt nichts, wofür du dich entschuldigen musst. Er wird es überwinden – oder auch nicht. So oder so werden wir unser Leben leben.« Ash räusperte sich, als ein leichtes Beben über seinen Nacken lief.

Entschlossener denn je presste Bianca die Lippen

aufeinander. »Ja, das werden wir.« Sie drehte den Kopf, um aus dem Fenster zu schauen und schnappte beinahe sofort nach Luft.

Ash drehte den Kopf, um einen Blick auf das zu erhaschen, was immer sie dort entdeckte. »Was ist los?«

»Da ist Rauch.«

Ash beugte sich nach vorn und mit verrenktem Hals konnte er eine Rauchfahne erkennen, die in den grauen Himmel aufstieg. Er runzelte die Stirn, als er sich den Ortsplan in Gedanken vorstellte. Ein Gefühl des Unbehagens schlängelte sich in sein Bewusstsein und ein Schaudern ließ seine Schultern zucken. Es könnte doch nicht …

Bianca drehte ihm den Kopf zu und ihre Augen waren weit aufgerissen. »Das ist nicht Shield's End, oder doch?«

Ash sackte der Magen direkt bis in die Fußspitzen, als eine Welle der Angst ihn befiel. »Ich befürchte, dass dem so sein könnte.«

In den nächsten Minuten wuchs seine Angst weiter an. Bianca umklammerte seine Hand sogar noch fester, als es offensichtlich wurde, dass der Rauch von Shields End aufstieg.

Die Kutsche hielt am Ende des Fahrwegs an und Ash wartete nicht ab, bis der Diener ihm die Tür öffnete. Mit einem Satz war er draußen und starrte betroffen auf den Rauch, der aus dem Zuhause seiner Kindheit quoll.

»Ash!«

Er drehte sich zu Bianca, um ihr herunter zu helfen. Ihr Gesicht spiegelte ihren Schmerz. »Geh«, drängte sie ihn und schob ihn in Richtung des Hauses. »Ich werde die Kutsche nehmen, um Hilfe zu holen.«

»Bleib zurück«, warnte er, ehe er sie losließ und über den Rasen auf das Haus zustürmte.

Das Feuer hatte das Grundgerüst noch nicht verschlungen, doch Ash konnte die Flammen erspähen, die seitlich aus dem Erdgeschoss bleckten. Er hoffte, dass Tucket nicht drinnen war. Er wohnte in einem kleinen Häuschen neben dem Stall. In der Hoffnung, ihn dort zu finden, raste Ash in diese Richtung. Als er dort nicht zu finden war, setzte sich ein lähmendes Gefühl eiskalter Angst mitten in Ashs Brust fest.

Ash rannte zur Rückseite des Hauses, wo er beim Anblick zweier, im Garten stehender Männer, die auf das brennende Gebäude sahen, abrupt innehielt. Beim Näherkommen erkannte er genau, wer sie waren und seine Furcht schlug in Rage um.

»Moreley! Keldon! Was zum Teufel macht ihr hier?«, donnerte er, während er die Hände zu Fäusten ballte.

Die beiden drehten sich überrascht zu ihm um. »Ruddy!«, sagte Moreley und wischte sich mit einer Hand über den Mund. »Ah –«

»Es hat einen Unfall gegeben«, rief Keldon rasch aus. »Thornaby ist dort drinnen.«

»Wo ist mein Verwalter?«

Die beiden Männer erbleichten und Keldon fragte: »Es gibt einen Verwalter?«

Ash fluchte vehement, als eine Abfolge von Zittern und Zucken seinen Körper erfasste. »Bianca hat meine Kutsche genommen, um Hilfe zu holen. Macht euch nützlich und holt zumindest Wasser vom Brunnen, um Himmels willen.«

Ash rannte an ihnen vorbei ins Haus, wo ihm auf der Stelle eine Wand aus Rauch entgegenschlug. Er hustete und legte sich eine Hand über den Mund. Dann band er seine Krawatte auf und zog sie sich vom Hals, um sich eine Maske zu fabrizieren, die er über den Mund und die Nase zog.

Blinzelnd versuchte er, die Situation einzuschätzen – wo das Feuer war und in welche Richtung es sich bewegte.

Gleichzeitig rief er laut nach seinem Verwalter. »Tucket!«
Er setzte seine Rufe fort, als er sich weiter ins Haus
vorwagte. Verzweiflung ballte sich in Ashs Brust
zusammen.

Wie sollte Tucket ihn denn überhaupt hören?

Nachdem er im Untergeschoss zu seiner Zufriedenheit
überall außerhalb der Flammen gesucht hatte, wandte er
sich der Treppe zu. Wenn er nach oben ginge, könnte er
von den Flammen eingeschlossen werden. Aber wenn er
nicht nach oben ging und Tucket dort wäre … einmal ganz
zu schweigen von Thornaby. So sehr, wie Ash diesen Mann
auch verabscheute, würde er ihn nicht sterben lassen.

Ash machte sich auf den Weg die Treppe hinauf und
geriet beinahe ins Stolpern, als er das Meckern einer Ziege
hörte. Eine *Ziege?*

Ja, es war eine Ziege, die Tucket hinter sich herzerrte.
Ash stürmte nach oben. »Gott sei Dank, Tucket«, schrie er
in der Hoffnung, dass der Mann ihn hören konnte. »Sie
gehen nach unten. Ich nehme die Ziege!«

Tucket sah ihn finster an und zerrte an der Leine des
Tieres. »Sie ist starrköpfig.«

Ash hob das Tier hoch und wurde mit einem wieder-
holten lautstarken Meckern belohnt. »Los!«, rief er
Tucket zu.

Der Verwalter packte das Geländer und begann, nach
unten zu gehen. Ash lief auf der anderen Seite der Treppe
hinab und war als Erster unten angelangt. Er wartete, bis er
sich vergewissert hatte, dass Tucket es bis nach unten
schaffte. Die Ziege schien die Nähe des Feuers allerdings
nicht zu schätzen, als die Flammen im Zimmer züngelten,
das an die Halle grenzte. Verzweifelt versuchte das Tier,
sich zu befreien und auch Ashs Hörvermögen zunichte zu
machen. Ash packte die Ziege noch fester und hastete vom
Haus in den Garten. Rasch setzte er das Tier im Gras ab

und dann riss er seine Maske herunter, um seine Lungen mehrere Male mit tiefen Atemzügen zu füllen. Tucket tauchte stolpernd aus dem Haus auf, und Ash eilte auf ihn zu, um ihm zu helfen.

»Setzen Sie sich«, drängte Ash und führte ihn vom Gebäude fort. »Holen Sie tief Luft.« Er sprach laut und deutlich und war froh, dass Tucket zur Antwort nickte.

Ash sah zum Haus zurück, als er den Verwalter ins Gras setzte. Warum war Thornaby noch immer dort drinnen?

»Es ist noch eine Ziege dort oben«, erklärte Tucket zwischen tiefen Atemzügen. »Und ein nobler Gentleman. Er hat versucht, die Ziege nach unten zu bugsieren, aber sie war noch starrköpfiger als diese hier.« Tucket warf einen verärgerten Blick auf die Ziege, die jetzt graste.

Noch eine Ziege? Warum um alles in der Welt waren bloß Ziegen in seinem Haus? Ash fluchte laut – er konnte sich nicht beherrschen – und kehrte zum Haus zurück. Und wo zum Teufel waren Keldon und Moreley mit dem Wasser.

Ashs zweiter Anlauf ins Haus erwies sich als weitaus schlimmer als der erste. Abermals zog er sich die Maske ins Gesicht, doch der Rauch war dicht und beißend. Er rannte auf die Treppe zu und erkannte, dass das Feuer näher rückte. Die andere Treppe fand sich auf der Seite mit dem tosenden Feuer, und damit war diese der einzige Weg ins Freie, einmal abgesehen von einem Sprung aus dem Fenster.

Von Verzweiflung angetrieben stürmte Ash die Treppe hinauf. »Thornaby!« Ash rief seinen Namen mehrere Male und erhielt das entfernte Meckern einer Ziege zur Antwort. Dem Geräusch folgend, fand Ash die beiden im Schlafzimmer, das einst seinen Eltern gehört hatte. Der Raum war von Rauch erfüllt. Thornaby stand vornübergebeugt und hustend neben dem Bett. Ash packte die Ziege und ging zu Thornaby. »Lass uns gehen. Ich habe das Tier.«

Thornaby hob den Kopf. Seine Augen waren rot umrändert. Zwischen dem Husten versuchte er zu sprechen, aber Ash hatte keinerlei Ahnung, was er zu sagen versuchte.

»Lass uns gehen!«, befahl Ash und zerrte am Bizeps des Mannes.

Thornaby taumelte, doch dann ging er auf die Tür zu. Ash hob die Ziege vom Boden und warf sie sich über die Schulter. Protestierend strampelte das Tier mit den Beinen und machte einen schrecklichen Lärm.

Ash lief so schnell, wie er konnte. Zwischen dem Rauch und dem Gewicht auf seinen Schultern fingen seine Kräfte an, zu erlahmen. Am oberen Treppenabsatz angelangt, warf er einen Blick zurück und sah, dass Thornaby ihm folgte, aber sehr langsam.

»Komm schon, Thornaby! Du musst dich schneller bewegen. Das Feuer breitet sich aus!«

Ash stürmte rasch ins Untergeschoss, wo die Ziege ihren Kampf mit ihm aufs Neue aufnahm, und Ash einen hässlichen Tritt in den Rücken versetzte. Sein Körper fuhr unter dem Schmerz zusammen und beinahe hätte er das idiotische Tier fallen gelassen.

Er schlängelte sich seinen Weg ins Freie, wo er die Ziege alsdann so geschwind wie möglich absetzte. Das Tier stürmte los, um sich zu seinem Freund zu gesellen, der nicht einmal von seiner Grasmahlzeit aufsah.

Keldon und Moreley waren zurückgekehrt. Sie standen dort mit zwei Eimern Wasser.

»Was tut ihr?«, verlangte Ash zu erfahren. »Schüttet es in die verdammten Flammen!«

»Wo ist Thornaby?«, fragte Moreley und sein Gesicht war gespenstisch bleich.

Ash schwang herum, er konnte den Viscount nicht entdecken. »Verdammter Mist.« Er stieß eine Reihe von Schimpfworten aus, während er zum Haus zurückmarschierte und wieder hineinging, ehe er es sich noch anders überlegte.

Es war inzwischen unmöglich, durch den Rauch zu sehen. Ash beugte sich vor, wo die Sicht etwas besser war, und suchte nach Thornaby, während er seinen Namen rief.

Das Feuer war nun auch in der Halle und dort, am Fuße der Treppe, lag der bewusstlose Thornaby. Abermals stieß Ash einen Fluch aus und dann beugte er sich herab, um den Mann hochzuheben. Ächzend wuchtete Ash ihn über seine Schulter, so wie er es mit der Ziege gemacht hatte. Gott, er hoffte, es bis ins Freie zu schaffen. In seinem Kopf begann es zu flimmern und er fühlte sich, als ob er keine Luft mehr bekam.

Stolpernd bahnte er sich langsam seinen Weg nach draußen. Glühende Hitze und Rauch umfingen ihn und in dem Augenblick, in dem er aus dem Haus auftauchte, sank er auf die Knie. Thornaby rutschte von seiner Schulter.

Verschwommen nahm Ash Stimmen wahr und wie er über das Gras gezogen wurde. Irgendjemand nahm ihm die Maske vom Gesicht und süße Luft strömte in seine Lungen. Ein wunderschönes Gesicht schwebte über ihm, mit einem Heiligenschein, der ihr dunkles Haar umgab.

»Bin ich tot?« War das aus seinem Mund gekommen?

Das war das Letzte, woran er sich erinnerte, bevor die Dunkelheit sich über ihn senkte.

KAPITEL 10

»*A*sh, wach auf, bitte.« Bianca bemühte sich, nicht in helle Panik auszubrechen. Er atmete, wenngleich sein Gesicht die Farbe seines Namens hatte.

Sie war sich der anderen bewusst, die sich um sie versammelt hatten, wie sie auch verschwommen die Gruppe von Dorfbewohnern wahrnahm, die zum Helfen herbeigeeilt waren. Geschäftig versuchten sie, das Feuer zu löschen, doch Bianca schenkte ihnen keine Aufmerksamkeit.

Ihre gesamte Welt konzentrierte sich plötzlich auf den Mann vor ihr im Gras – er hatte die Augen geschlossen und die dunkelroten Wimpern lagen unbeweglich auf seinem Gesicht. Obwohl er das wohl nicht wollte, wisperte sie: »Zucke, rucke, tu *etwas*. Irgendetwas.« Ihre Stimme brach.

Endlich runzelte sich seine Stirn. Seine Augenlider flatterten. Dann sah er zu ihr auf und seine geliebten braunen Augen bekamen einen weichen Ausdruck. »Bee.« Das Wort war ein leises Krächzen, aber es war der süßeste Klang, den sie je gehört hatte.

»Oh, Ash.« Die Tränen rannen ihr die Wangen hinab, als sie sich herabbeugte und ihn küsste – seine Brauen, seine Wangen, seinen Mund. Eine berauschende Freude überkam sie und spülte die Furcht fort.

Nach einem langen Augenblick setzte sie sich zurück. Irgendjemand reichte ihr einen feuchten Lappen und sie benutzte ihn, um Ash den Ruß aus dem Gesicht zu wischen.

»Warum waren Ziegen in meinem Haus?«, fragte er. Er nahm seinen Blick von ihr und mit zusammengekniffenen Augen musterte er die Leute, die um sie herumstanden.

»Ich würde gern erfahren, was Thornaby und seine Freunde hier tun«, erklärte Bianca, die den Kopf drehte, um Moreley und Keldon anzustarren, die nah bei Ashs Füßen standen.

»Wir sollten gehen und nach ihm sehen«, antwortete Moreley, dessen Gesicht die Farbe einer Persimone annahm. Er wirbelte herum und marschierte davon. Keldon zögerte, doch schließlich folgte er ihm.

»Wo ist Thornaby?«, fragte Ash.

Bianca deutete auf eine Stelle nur ein paar Meter entfernt. »Gleich dort drüben. Es scheint, als ob er noch immer bewusstlos ist.«

Ash blinzelte zu ihr auf. »Tucket?«

»Er ist hier«, antwortete Bianca und berührte Tucket am Bein.

Der Verwalter hatte neben ihr gestanden und kniete jetzt nieder. »Mylord, Ihr seid der Held des Tages.«

Ash reagierte nicht auf seine Worte, sondern fragte stattdessen: »Was war passiert?«

»Ich bin nicht sicher, wie das Feuer ausgebrochen ist«, erklärte Tucket. »Ich habe den Rauch gerochen und gesehen, dass das Haus brannte. Als ich näher herangegangen bin, um die Sache genauer zu inspizieren, rannte einer dieser Gentlemen«, er stieß seinen Daumen in Richtung Thornaby, Moreley und Keldon, »aus dem Haus, als ob er in Flammen stünde.« Tucket höhnte. »Das tat er aber nicht.«

»Erzählen Sie von den Ziegen«, krächzte Ash.

»Der Herr, der herausgerannt kam – der Kahlköpfige, was ich weiß, weil sein Hut heruntergefallen ist – behauptete, dass Ziegen im Haus wären und dass sie das Feuer ausgelöst hätten. Er sagte, dass seine Freunde dort drin seien und versuchten, die Ziegen ins Freie zu schaffen.« Tucket schnaubte und wischte sich unter der Nase entlang. »Sie klangen wie Idioten, also bin ich ins Haus gerannt, um die Tiere selbst zu retten. Aber verdammt soll ich sein, wenn das nicht die starrköpfigsten Ziegen sind.« Er warf den beiden Tieren einen wütenden Blick zu, ehe er mit Bedauern weitersprach. »Und ich bin nicht mehr so jung, wie ich einmal war.«

»Sie haben getan, was Sie konnten«, antwortete Ash. »Wie konnten diese Ziegen das Feuer auslösen?«

»Eine der beiden hat eine Laterne umgeworfen.«

Bianca sah zu dem Trio hinüber und erkannte, dass Thornaby inzwischen saß.

»Wir haben es nicht bemerkt, bis das Zimmer bereits in Flammen stand – wir waren mit der anderen Ziege beschäftigt.« Thornaby zog eine Grimasse.

Ash kämpfte sich in eine sitzende Position und Bianca half ihm auf. »Warum um alles in der Welt waren Ziegen in meinem Haus?«, wiederholte er.

Thornaby setzte zu einer Antwort an. »Es war –«

Keldon schnitt ihm das Wort ab. »Thorn!«

Thornaby schoss Keldon einen wütenden Blick zu und fuhr fort. »Es war ein Streich. Wie der, den wir dir in Oxford gespielt haben.«

Bianca spürte, wie Ash sich anspannte und fühlte auch

das zweimalige kurze Beben, das seinen Körper durchrüttelte und ihn vor und zurück zucken ließ. Sie legte ihm einen Arm um die Schultern und versuchte, ihm beizustehen.

»Als ihr eine Ziege in mein Zimmer gesperrt habt«, entgegnete Ash ausdruckslos, »und sie ein Chaos veranstaltet hat.«

Thornabys Gesicht war rot, aber er schwankte nicht, als er laut und klar weitersprach. »Das war unsere Absicht. Wie hatten gehört, dass du das Fest am zweiten Weihnachtstag hier ausrichten willst.«

»Warum wolltet ihr das ruinieren?«, fragte Bianca, als die Wut in ihr aufwallte.

»Es ging nicht so sehr darum, es zu ruinieren, sondern Rud – Buckleigh Schwierigkeiten zu machen«, gab Thornaby zurück, während er den Kopf, wie Bianca hoffte, aus Scham senkte.

Ash räusperte sich. »Wie habt ihr von dem Fest erfahren?«

»Deine Mutter hat mir eine Nachricht geschickt und gefragt, ob ich helfen würde.«

Bianca und Ash tauschten einen Blick aus. Warum hatte sie einen Brief geschickt, nachdem sie es abgelehnt hatten? Bestand die Möglichkeit, dass dieser bereits unterwegs gewesen war, bevor sie gefragt hatte?

»Das hätte sie nicht tun sollen«, bemerkte Ash kalt. »Wir wollen eure Hilfe nicht.«

»Ich mache dir keinen Vorwurf.« Thornaby klang aufrichtig reumütig. »Ich würde meine Hilfe auch nicht wollen. Wir hatten nie die Absicht gehabt, einen Brand zu verursachen.«

»Es ist nicht unser Fehler!«, rief Moreley.

Thornaby starrte ihn an. »Das ist es – wir haben die verdammten Ziegen hergebracht. Hast du dich für heute nicht schon dämlich genug benommen? Stehe zu dem, was wir getan haben.« Als Nächstes richtete Thornaby den Blick auf Keldon. »Du auch. Ich kann nicht glauben, dass ihr mich im Stich gelassen habt.« Er zeigte auf Tucket. »Dieser alte Mann besitzt mehr Mumm als ihr beide zusammen.«

»Ihr schuldet Ash eine Entschuldigung«, verlangte Bianca.

»Sie schulden ihm Wiedergutmachung«, sagte Tucket. »Das Haus wird wieder neu aufgebaut werden müssen.«

Das stimmte. Obwohl die Dorfbewohner eifrig Wasser vom Brunnen zum Haus schleppten, konnten sie der Flammen nicht Herr werden.

Thornaby hatte Schwierigkeiten zu stehen, doch Keldon und Moreley halfen ihm. Er schwankte zu Ash hinüber, der sich ebenfalls mit Biancas und Tuckets Hilfe erhob.

»Meine Worte können nicht ausdrücken, wie leid es mir wegen deinem Haus tut«, erklärte Thornaby. »Wie leid es uns allen tut.« Er deutete auf die Männer, die ihn flankierten.

»Ich möchte das von ihnen hören«, presste Bianca hervor. »Und ihr werdet euch für alles entschuldigen. Den Schießwettbewerb und alles, was ihr ihm in Oxford je angetan oder auch nur erwogen hattet, ihm anzutun. Ihr macht mich krank.«

Nicht einer von ihnen konnte sie ansehen. Beschämt schlugen sie die Augen nieder.

Nach einem Augenblick hob Thornaby den Blick zu Ash. »Wir haben dich grauenvoll behandelt – von Oxford bis heute. Aber das ist nun vorbei. Ich verdanke dir mein Leben.«

»Ja, das tust du«, spie Bianca, die der Meinung war, dass er seine Rettung durch Ash nicht verdient hatte.

Ash berührte ihren Arm und als sie zu ihm aufsah, erkannte sie, dass er keineswegs so wütend war wie sie, zumindest nicht mehr.

»Mir tut es auch leid«, sagte Keldon. »Ehrlich. Wir hatten nur Schwierigkeiten machen wollen, aber nichts Ernsthaftes. Als du neulich die Hausparty verlassen hast, waren mehrere Gäste aufgebracht. Sie hatten geglaubt, dass wir dich irgendwie zum Gehen getrieben hätten.«

»Das habt ihr«, knurrte Bianca tief in ihrer Kehle.

Thornaby nickte. »Ich war wütend, dass die Leute sich auf Buckleighs Seite geschlagen haben.«

»Es gibt keine Seiten«, erklärte Ash ruhig. »Das existiert alles bloß in deiner Vorstellung.«

»Ja.« Thornaby klang auf ganzer Linie besiegt und Bianca wollte vor Freude tanzen.

»Moreley?«, forderte Bianca auf. »Ich glaube, du bist an der Reihe.«

»Ich, ähm, es tut mir leid. Wegen allem. Wir werden dich nicht mehr belästigen.«

»Außer, um dieses Haus wieder aufzubauen und das Fest am zweiten Weihnachtstag zu unterstützen«, erklärte Thornaby und sein Blick glühte vor Entschlossenheit.

Bianca fixierte jeden von ihnen mit einem steinharten, düsteren Blick. »Allerdings haben wir jetzt keinen Ort mehr, wo wir es abhalten können.«

»Ihr könnt Thornhill nehmen«, schlug Thornaby bereitwillig vor.

»Das würde ich lieber nicht«, antwortete Bianca abweisend.

Ash schüttelte den Kopf und hustete. »Es ist zu weit weg. Ich würde es auf Buck Manor ausrichten, aber das ist auch zu weit entfernt.«

»Es ist jammerschade, dass dein Bruder es nicht ausrichten will«, bemerkte Keldon.

Ja, das war es. Biancas Ärger keimte erneut auf. »Das steht nicht zur Wahl.«

»Ist Thornhill wirklich zu weit?«, fragte Thornaby. »Es sind nur fünf Meilen. Wir können die Leute transportieren und wer immer über Nacht bleiben will, kann das tun. Wir werden es bewerkstelligen. Sagt mir nur, was ich tun muss.«

»Du wirst meine Frau und meine Mutter alles organisieren lassen und ich meine *alles*. Du wirst ihre Befehle ausführen und du wirst dich nicht beschweren oder rebellieren.«

Thornaby nickte, dann blinzelte er und legte den Kopf schief. »Deine Frau?«

Ash legte den Arm um Biancas Taille und sie drückte sich an seine Seite, wo sie sich an seiner Wärme labte und in der Freude schwelgte, lebendig zu sein – mit ihm. »Bianca. Wir werden nächste Woche heiraten. Verzeiht uns, wenn wir euch nicht zum Frühstück einladen.« Er sprach die letzten Worte mit einem Anflug von Sarkasmus aus.

»Ich möchte euch beiden meine herzlichen – und von Herzen kommenden – Glückwünsche aussprechen.« Thornaby versuchte zu lächeln, aber er gab es auf. »Ich hätte nie erwartet, eingeladen zu werden.«

»Dann ist das abgemacht.« Ash stieß die Luft aus und seine Schulter zuckte gegen Biancas.

»Komm, lass uns zur Kutsche gehen. Ich möchte dich nach Hause bringen, damit du dich ausruhen kannst.«

»Ich werde das Haus nicht verlassen. Nicht bis das Feuer gelöscht ist.« Er sah auf das brennende Gebäude und sie spürte, wie sein Körper sich anspannte. »Meine Mutter wird am Boden zerstört sein.«

Bianca warf einen schnellen Blick auf die Missetäter. Beschämt ließen sie die Köpfe hängen.

Ash küsste ihre Schläfe. »Mir geht es jetzt gut, meine Liebe. Lass mich bei der Aufgabe helfen, die Flammen zu löschen.«

»Ich werde auch helfen«, erklärte sie.

»So wie wir auch.« Kelden ging auf die Menschenkette zu, die das Wasser weiterreichte. Morely und Thornaby schlossen sich ihm an.

Bianca legte die Arme um Ashs Taille und drückte ihn fest. »Ich bin nur froh, dass du in Sicherheit bist. Wenn ich daran denke, was hätte passieren können …«

»Schh, meine Liebste.« Er gab ihr einen flüchtigen Kuss auf die Wange. »Ich bin hier bei dir, wo ich für eine sehr, sehr lange Zeit zu bleiben plane.«

Mit Liebe und Bewunderung sah sie zu ihm auf. »Für immer, hoffe ich.«

Seine Lippen formten sich zu einem glücklichen Lächeln. »Für immer.«

KAPITEL 11

$\mathcal{D}$er Tag von Biancas und Ashs Hochzeit brach grau und kalt an. Ash hätte es geliebt, wenn es geschneit hätte, aber er wollte auch ohne Zwischenfall von Buck Manor zur Hartwell Kirche und wieder zurück nach Buck Manor gelangen, wo das Frühstück stattfinden sollte.

Und so war es eine große Freude, als Bianca und er auf Buck Manor aus der Kutsche stiegen und sie sogleich von zarten Schneeflocken empfangen wurden, die wie ein Schleier auf sie niederschwebten.

Lachend sah Bianca in den Himmel auf. »Was für ein perfektes Geschenk zu unserem Hochzeitstag.«

Ash lächelte auf sie herab. »Das habe ich speziell arrangiert.«

Sie sah ihn mit einem Ausdruck schieren Unglaubens an und dann lachte sie wieder. »Eigentlich sollte ich das bei dir nicht ausschließen. Du bist für alle der unumstrittene Held, warum also nicht auch für mich?«

Er schlang die Arme um ihre Taille und zog sie an sich, um sie zu küssen. Der Kontakt war kurz, aber unglaublich berauschend. »Mich interessiert nur, dein Held zu sein.«

»Sie sind da!«, rief die Marchioness of Darlington von der Tür. Sie hatte die Kirche mit ihrem Ehemann und Ashs Mutter verlassen, sobald die Zeremonie vorüber war, damit sie hier sein konnten, um die Vorbereitungen für das Hochzeitsfrühstück zu überwachen.

Ash und Bianca hatten dem Vikar für eine Weile einen Besuch abgestattet, insbesondere, um die Pläne zum Wiederaufbau des Hauses zu besprechen. Das gesamte Dorf war gespannt darauf, Ashs Besitz wiederhergestellt zu sehen.

Und keiner war eifriger als Thornaby.

Ash führte seine Frau in sein Haus – nein, *ihrer beider* Haus – wo eine Reihe von Gästen in der Halle wartete, darunter auch Thornaby. Moreley und Keldon waren ebenfalls da. Bianca hatte keinen von ihnen einbeziehen wollen, doch Ash hatte sie überzeugt, dass es Zeit war, die Vergangenheit wirklich hinter sich zu lassen. Er hoffte nur, dass die anderen sich dieser Einstellung ebenso verschrieben fühlten, wie sie kundtaten.

Bianca und er verbrachten die nächste halbe Stunde mit der Begrüßung von Gästen, gefolgt von einem fröhlichen Hochzeitsfrühstück im Speisezimmer. Anschließend zogen sie sich in den Salon zurück, wo sie Champagner tranken. Ash beobachtete mit Stolz und Liebe, wie seine Komtess lachte und sich mit jedem Teilnehmer der Feier unterhielt. Vielleicht lachte sie nicht mit Thornaby und den anderen, doch Bianca war höflich und die anderen mit ihrer Liebenswürdigkeit und Lob überschwänglich.

»Du hast wirklich Glück, Buckleigh.« Thornaby trat hinter ihn und veranlasste Ash, sich herumzudrehen.

»Vielen Dank. Das habe ich tatsächlich.« Wenngleich Ash die Wandlung des Mannes begrüßte, war er auch unglaublich verblüfft darüber. »Ich hoffe, du vergibst mir meine Frage, aber nach so vielen Jahren, die du mich gequält hast, frage ich mich, was dich zu solch einem Wandel deines Benehmens bewogen hat.«

»Ich würde dir alles vergeben«, entgegnete Thornaby ernst. »Und das meine ich so. Du hast mir das Leben gerettet. Es liegt etwas sehr Klärendes darin, beinahe zu sterben. Mein Leben rückte in einen Fokus, aus dem ich es noch nie zuvor betrachtet hatte.« Er richtete den Blick auf den Fußboden und dann nahm er einen Schluck von seinem Champagner. Als er Ash erneut ansah, lag eine Schwermut in seinem Blick, die Ash nie zuvor wahrgenommen hatte.

»Ich habe mich immer unzulänglich gefühlt«, gab Thornaby zu. »Du hast das nicht gewusst, aber ich hatte in Oxford wirklich zu kämpfen. Lesen ist mir immer sehr schwer gefallen. Worte und Buchstaben – und sogar Zahlen – gerieten in meinem Sichtfeld einfach durcheinander.«

»Das habe ich nicht gewusst. Du hast dich immer benommen, als wärst du allwissend und immer hervorragend.« Ash machte sich nicht die Mühe, die Ironie in seinem Tonfall zu kaschieren.

Ein kleines Lächeln huschte über Thornabys Lippen. »Es ist schrecklich zu sagen, aber ich verstand deine … Herausforderungen.«

Als ob es von Thornabys Erwähnung seines Handicaps provoziert worden wäre, überlief ein Schauder Ashs Schultern und er ruckte den Kopf zur Seite. »Warum ist das schrecklich?«

»Weil ich mich deshalb grauenvoll dir gegenüber benommen habe.« Thornaby zog eine Grimasse. »Deine Schwäche auszunutzen hat für mich bewirkt, mich wegen meiner eigenen besser zu fühlen. Wenn das nicht verabscheuenswert ist, weiß ich nicht, was es ist. Dass du mir vergeben konntest, wie ich dich behandelt habe, insbesondere, dein Haus abzubrennen –«

Ash nahm die Tränen in den Augen des Mannes wahr, wenngleich dieser sie rasch wegblinzelte. »Ich vergebe dir. Denn was hätte es Gutes, wenn ich dir weiter grollen würde? Das käme mir gewiss nicht zugute. Wie du gesagt hast, habe ich sehr großes Glück und ich beabsichtige, dankbar zu sein.«

»Was für ein wundervoller Gedanke«, stellte Thornaby mit leiser Verwunderung fest.

Ash erwog Thornabys Enthüllung. »Ich verstehe dein Kompensationsverhalten. Ich habe einen anderen Weg gewählt – ich habe Leute verprügelt.«

Thornaby machte große Augen. »Du hast mich nie geschlagen.«

»Ich war zu klein.« Ash schmunzelte. »Du – oder wahrscheinlicher Moreley – hättet mich in Grund und Boden gestampft. Moreley hat das tatsächlich einmal getan.«

»Das hat er mir erzählt.« Thornaby senkte entschuldigend das Kinn. »Ich denke, dass ich das versäumt habe. Wen hast du verprügelt?«

»Viele Leute. Männer, sollte ich klarstellen. Ich war Boxer in London.«

Thornaby schnappte vor Überraschung nach Luft. »Tatsächlich? Wie außerordentlich. Und das hat dir mit deinem Handicap geholfen?«

Ash nickte. »Boxen hat mir offensichtlich Kraft gegeben, aber auch den Mut, mich anderen und auch mir selbst und meinen Grenzen zu stellen. Es hat mir auch gezeigt, dass meine Befähigung gar nicht so begrenzt war, wie ich angenommen hatte.« Er grinste. »Ich war ziemlich gut darin, Leute zu verprügeln.«

»Das würde ich liebend gern sehen, denke ich.« Thornaby legte den Kopf schief. »Könntest du mich unterrichten?«

»Ich sehe keinen Grund, der dagegenspricht.« Ash staunte, wie weit sie in so kurzer Zeit gekommen waren.

»Vielen Dank.« Thornaby berührte ihn sanft am Bizeps. »Ich bin dir für deine Vergebung und Freundschaft, wage ich zu sagen, dankbar.«

Ash wackelte mit den Augenbrauen, »Nur zu, wage es. Wenn du mich jetzt entschuldigen willst, ich muss mich mit meinem Schwager unterhalten.«

Thornaby nickte lächelnd und ließ Ashs Arm los. Ohne Worte hob Ash sein Glas zu einem Toast und dann schlenderte er zum Marquess of Darlington hinüber, der dicht am Fenster stand und seinen Blick auf den Champagner in seiner Hand gerichtet hielt.

»Darlington«, bemerkte Ash. »Du siehst aus, als ob du eine Aufmunterung gebrauchen könntest.«

Der Marquess schüttelte den Kopf und blinzelte. »Es ist die Saison dafür gekommen zu sein, vermute ich. Entschuldigung, ich habe gegrübelt.«

»Darf ich fragen, worüber?«

»Hauptsächlich über Hartwell House und wie dringend es Reparaturen nötig hat.« Darlington zog eine Grimasse. »Egal, nach dem Feuer steckst du bis zum Hals in Reparaturarbeiten.«

»Wiederaufbau, meinst du«, entgegnete Ash ironisch. »Bianca und ich freuen uns auf den Nikolaustag morgen in Hartwell House.«

»Ja, es sollte recht … fröhlich werden.«

Ash lachte leise. »In der Tat. Wie du sagst, ist es die Saison dafür. Komm, gesellen wir uns zu unseren Frauen«. Ein freudiger Nervenkitzel tanzte Ashs Rückgrat hinauf. Er liebte es, Bianca seine Frau zu nennen.

Als sie bei den Frauen ankamen, war die dritte Dame gegangen, sodass dort nur Bianca und ihre Schwester standen. Sie unterhielten sich angeregt über ihren Bruder.

»Ich kann immer noch nicht glauben, dass er sich geweigert hat, dir deine Mitgift auszuzahlen«, erklärte die Marchioness empört. »Ich habe vor, so bald wie möglich mit ihm zu sprechen. Es ist schlimm genug, dass er heute nicht gekommen ist.«

»Um gerecht zu sein, habe ich ihn nicht eingeladen«, antwortete Bianca.

»Ich habe es getan.« Ash hatte seine Entscheidung damit begründet, dass er, wenn er schon seine Meinung geändert und die Männer eingeladen hatte, die ihn gequält und sein Haus bis auf die Grundmauern abgebrannt hatten, auch Biancas Bruder einladen sollte, selbst wenn dieser sich auf eine ausgesprochen miserable Weise benommen hatte.

»Das hast du getan?« Eine Unzahl von Emotionen flackerte über Biancas Gesicht. Schließlich legte sich ein Ausdruck der Verwirrung über ihre Züge. Ash war sich einfach nicht sicher, worauf er sich bezog. Er hustete leise und rollte die Schultern. »Und er ist nicht gekommen«, stellte sie mit tonloser Enttäuschung fest.

Also bezog er sich auf den Herzog.

Ash stieß die Luft aus. Nachdem er seine Tat zugegeben hatte, wäre er nun auch vollkommen ehrlich darüber, was als Nächstes passiert war. Sie hatte die Wahrheit verdient und er beabsichtigte, niemals Geheimnisse vor ihr zu haben.

»Ich wünschte, ich könnte dir sagen, dass er wenigstens geantwortet hat, aber das hat er nicht.«

Bianca setzte einen unwilligen Blick auf und ihre Schwester gab eine überraschende Beschreibung ihres Bruders zum Besten, einschließlich eines Fluchs. Bianca, die vor Verblüffung nach Luft schnappte, ließ den Blick zur Marchioness herumschnellen. Sie und auch der Marquess brachen prompt in Gelächter aus.

Seine Mutter gesellte sich zu ihnen. »Ihr seht aus, als würdet ihr euch gut amüsieren. Alle tun das, denke ich. Ich sollte es eigentlich wissen, weil ich mit jedem über den zweiten Weihnachtstag gesprochen habe. Die Unterstützung für den Tag ist überwältigend. Sogar vom Viscount.« Sie warf einen Blick zu Thornaby und Ash kannte sie gut genug, um die Spur von Ärger und Misstrauen in ihrem Ausdruck wahrzunehmen.

Die Emotionen traten für ihn so deutlich hervor, weil sie sie so selten zeigte. Thornaby war allerdings ein spezieller Fall. Als sie erfahren hatte, dass Thornaby und die anderen hinter dem Brand steckten, war sie untröstlich. Sie gestand, an ihn und Keldon geschrieben und einen Reiter mit den Briefen losgeschickt zu haben, ehe sie mit Ash und Bianca gesprochen hatte. Als sie dann sagten, dass sie ihre Hilfe nicht einfordern wollten, hatte sie nicht zugeben wollen, dass sie das bereits getan hatte. Während Ash bereit war, den Männern zu vergeben, hatte sie diesen Punkt noch nicht erreicht. Aber Ash wusste, dass sie das tun würde. Sie war viel zu gutherzig, um das nicht zu tun.

»Lasst uns auf den Earl und seine Komtess anstoßen«, rief Thornaby aus und hob sein Glas. »Buckleigh ist ein wahrer Held – in jeder Hinsicht. Ohne ihn würden wir den zweiten Weihnachtstag in diesem Jahr nicht so zelebrieren, wie wir sollten.«

Keldon hob sein Glas. »Hört, hört!«

Ash verspürte das Bedürfnis, sie zu berichtigen. »Tatsächlich würde in diesem Jahr kein Fest am zweiten Weihnachtstag stattfinden, wenn da nicht meine Frau wäre. Ihrer Passion und ihrem Elan ist die Fortsetzung dieser Tradition zu verdanken.« Er sah Bianca mit all der Liebe an, die sein Herz überflutete.

Sie lächelte zur Antwort und ihr Blick versprach eine Zukunft, die von der gleichen Leidenschaft und Begeisterung erfüllt sein würde. Sie hob ihr Glas als Anerkennung und der Raum brach in einen Chor aus »Hört, hört!« und »Herzlichen Glückwunsch!« und »Auf den Earl und die Komtess!«

Ashs Brust schwoll vor Stolz und Freude und er zog Bianca an seine Seite. Als er dem Blick durch den Raum schweifen ließ, schätzte er sich glücklich. »Ich wünsche euch allen das gleiche Glück.«

$\sim$

*D*er Nikolaustag war der offizielle Beginn der Weihnachtssaison. Alle begingen diesen Tag in unterschiedlicher Weise, aber die Menschen von Hartwell hatten diesen Tag schon seit Langem zu etwas Besonderem gemacht, indem sie Geschenke zwischen engen Familienangehörigen austauschten. Bianca und Ash verbrachten den Morgen zusammen mit ihrer Schwester und deren Ehemann, mit der Verteilung von Geschenken an die Frauen und Kinder, die nicht nur der Zuwendungen bedurften, sondern auch der Aufmunterung. Biancas Herz schwoll an, als sie einen kleinen Jungen beobachtete, der hocherfreut mit einem halben Dutzend Spielzeugsoldaten spielte.

»Das war ein wundervoller Einfall«, bemerkte Ash leise, als er neben sie trat. »Darf ich vorschlagen, dass wir das jedes Jahr machen?«

Strahlend sah sie zu ihm auf, froh darüber, dass er ihren Wunsch teilte, den Notleidenden zu helfen. »Oh, ich bestehe darauf.«

Er schmunzelte. »Natürlich tust du das. Ich kann mir vorstellen, was du zu meinem nächsten Vorschlag sagen könntest.«

»Bitte gestatte mir, zuerst zu sprechen«, unterbrach sie

ihn. »Und ich hoffe, du hältst mich nicht für zu direkt.
Mir ist bewusst, dass Shield's End dein Haus war, aber es
stand leer … und Hartwell House ist schrecklich baufäl-
lig.« Seine Augen leuchteten auf und sie sah zu, wie sich
seine Lippen zu einem warmen Lächeln formten. »Ist mein
Vorschlag der Gleiche wie deiner?«

Er fasste sie leicht um die Taille. »Wenn du vorschlagen
wolltest, dass wir Shield's End als neue Institution für
verarmte Frauen aufbauen, dann ja. Wir haben den gleichen Gedanken. Wieder einmal.«

Sie lachte ausgelassen. »Ich hätte nicht überrascht sein
sollen. Wir scheinen genau die gleichen Dinge zu wollen.«

»Und aus diesem Grund sind wir füreinander
bestimmt.«

Sie seufzte und schmiegte sich enger an ihn, als er mit
seiner Hand über ihre Lenden streichelte. »Ja.«

»Ich freue mich darauf, die Pläne zeichnen zu lassen,
wenn wir nächsten Monat nach London reisen.«

»Wirst du vorher Anfragen abschicken?«

Er nickte. »Nächste Woche. Ich weiß, wie ungeduldig
du bist, anzufangen.«

Sie warf einen kurzen Blick auf die Menschen, die von
der neuen Institution profitieren würden. »Jetzt mehr denn
je. Und es sollte auch eine Schule mit einem Lehrer vorge-
sehen werden und ein größerer Bauernhof, der die
Bewohner ernähren kann.« Sie reckte das Gesicht, um ihm
in die Augen sehen zu können. »Vielleicht sollten wir sogar
individuelle Häuschen für die Familien bauen.«

»Ich könnte nicht mehr mit dir übereinstimmen. Dein
Herz ist ebenso wundervoll, wie ich es in Erinnerung
habe.« Er gab ihr einen flüchtigen Kuss auf die Stirn.
»Keldon hat angeboten, die Bauarbeiten zu überwachen,
während Thornaby und ich in London sind und unseren
Pflichten im Parlament nachkommen.«

Noch immer voller Staunen, dass er seinen Peinigern so leicht vergeben hatte, ließ sie den Blick wieder zurück zu ihm schweifen. Nun, vielleicht nicht leicht. Sie hatten sich ausführlich darüber unterhalten und sie verstand seine Beweggründe – sie bezogen sich einzig auf ihn und seine Friedfertigkeit und nicht darauf, die anderen von ihrer Schuld freizusprechen. »Du bist der beste aller Männer.«

»Du bringst mich dazu, das sein zu wollen.« Er zog eine leichte Grimasse. »Ich frage mich, ob du das immer noch denkst, wenn ich dir sage, dass ich heute kein Geschenk für dich habe. Es ist unterwegs. Ich fürchte, dass wir zwischen der Hochzeit und den Vorbereitungen für heute zu beschäftigt gewesen sind.«

Bianca lachte erleichtert. »Gut, weil ich auch kein Geschenk habe.« Sie senkte die Stimme. »Aber lass mich einfach sagen, dass ich zuversichtlich bin, dass uns später jede Menge einfallen wird, was wir einander geben können. In unserem Schlafzimmer.«

Er zog sie in einen dämmrigen Winkel und küsste sie, bis sie beide außer Atem waren. Mit einer Fingerspitze streichelte er über ihre Wange. »Meine Liebste, du bist das einzig wahre Geschenk, das ich je brauche.«

Verpassen Sie nicht Poppys Geschichte in **DAS GESCHENK DES MARQUESS**! Finden Sie heraus, was mit dem Fest am zweiten Weihnachtstag passiert und erfahren Sie in **EINE FREUDE FÜR DEN HERZOG**, warum Calder so ein Geizhals ist.

*I*ch danke Ihnen herzlich, dass Sie *Der Earl mit dem Flammendroten Haar* gelesen haben. Ich hoffe, es hat Ihnen gefallen!

Möchten Sie erfahren, wann mein nächstes Buch verfügbar ist? Sie können sich für meinen Deutscher Newsletter anmelden, mir auf Amazon.de folgen und meine Facebook-Seite liken.

Rezensionen helfen anderen, Bücher zu finden, die für sie geeignet sind. Ich schätze alle Bewertungen, ob positiv oder negativ. Ich hoffe, dass Sie erwägen werden, eine Bewertung bei Ihrem bevorzugten der Seite Ihres bevorzugten Internet-Netzwerkes abzugeben.

Ich mag meine Leser so sehr. Danke!

ANMERKUNG DER AUTORIN

Eines Tages kam mir in den Sinn, dass es Spaß machen könnte, eine Weihnachtstrilogie zu schreiben und für die Geschichte klassische Weihnachtserzählungen zur Grundlage zu nehmen. Was gibt es Klassischeres für ein Kind der Generation X wie mich als das Stop Motion Fernseh-Spezial »Rudolph, das Rentier mit der roten Nase«? Ich hatte jede Menge Spaß, eine Geschichte zu erfinden, welche die Moral von Rudolph erfasste und bei der es an Romantik nicht fehlte. (Nicht dass Rudolph und Clarice keine Liebesbeziehung gehabt hätten!) Sie lernen Cornelius, den Butler kennen, der seinen Namen von Yukon Cornelius ausgeborgt hat und Harris, den Kammerdiener, den ich nicht Hermie genannt habe, aber der in seiner alten Stellung nicht gepasst hatte … genau wie Hermie, der nicht zur Elfe bestimmt war. Es hat mir große Freude gemacht, sie einzubeziehen.

Die Institution der verarmten Frauen ist ganz und gar meine eigene Erfindung. Sie basiert auf den Armenhäusern aus jener Zeit, aber ich wollte kein »echtes« Armenhaus, in dem Männer und Frauen (und Kinder – die ihre Eltern nicht oft sahen) getrennt wurden, und das typischerweise mehr ein Gefängnis war.

Danke an Catherine Kenner für die GROSSARTIGE künstlerische Wiedergabe von Der feurig rote Earl, gesungen zu der Melodie von Rudolph, dem Rentier mit der roten Nase (Liedtexte von mir – ein Spoiler: Sie sind nicht annähernd so großartig wie ihre Stimme). Hören Sie es sich hier an. Meinen Dank an J Kenner auch für, nun, viel zu viele Dinge, um sie hier aufzuzählen.

Ich hoffe, Sie haben diese inspirierende Geschichte genossen! Und fröhliche Weihnachten wünsche ich Ihnen.

ÜBER DIE AUTORIN

Darcy Burke ist die USA Today Bestsellerautorin für sexy, emotionale, historische und zeitgenössische Romantik. Darcy schrieb ihr erstes Buch im Alter von 11 Jahren – mit einem Happy End – über einen männlichen Schwan, der von der Magie abhängig war, und einen weiblichen Schwan, der ihn liebte, mit nicht sehr gelungenen Illustrationen. Schließen Sie sich ihr an newsletter!

Darcy, die in Oregon an der Westküste der Vereinigten Staaten geboren wurde, lebt am Rande des Wine Country mit ihrem auf der Gitarre spielenden Ehemann und ihren beiden ausgelassenen Kindern, die das Schreiben geerbt zu haben scheinen. Sie sind eine nach Katzen verrückte Familie mit zwei bengalischen Katzen, einer kleinen, familienfreundlichen Katze, die nach einer Frucht benannt ist, und einer älteren, geretteten Maine Coon, die der Meister der Kühle und der fünf-Uhr-morgens-Serenade ist. In ihrer ›Freizeit‹ ist Darcy eine regelmäßige ehrenamtliche Mitarbeiterin, die in einem 12-stufigen Programm eingeschrieben ist, in dem man lernt, ›Nein‹ zu sagen, aber sie muss immer wieder von vorne anfangen. Ihre Lieblingsplätze sind Disneyland und das Labor Day Wochenende in The Gorge. Besuchen Sie Darcy online unter https://www.darcyburke.net.

facebook.com/darcyburkefans

twitter.com/darcyburke

instagram.com/darcyburkeauthor

pinterest.com/darcyburkewrites

goodreads.com/darcyburke